似是閒雲

逯耀東 著

東大圖書公司

國家圖書館出版品預行編目資料

似是閒雲／逯耀東著.－－二版一刷.－－臺北市: 東大, 2018
面; 公分.－－(糊塗齋文稿)
ISBN 978-957-19-3160-9 (平裝)
1. 散文 2. 隨筆 3. 日記
855 107015671

© 似是閒雲

著作人	逯耀東
發行人	劉仲傑
著作財產權人	東大圖書股份有限公司
發行所	東大圖書股份有限公司 地址 臺北市復興北路386號 電話 (02)25006600 郵撥帳號 0107175-0
門市部	(復北店) 臺北市復興北路386號 (重南店) 臺北市重慶南路一段61號
出版日期	初版一刷 2000年5月 二版一刷 2018年10月
編號	E 855550

行政院新聞局登記證局版臺業字第〇一九七號

ISBN 978-957-19-3160-9 (平裝)

http://www.sanmin.com.tw 三民網路書店

此心到處悠然——讀《似是閒雲》

凌性傑

一直很喜歡逯耀東的飲食書寫，因為其中有淵博的學識以及過人的品味。那些敘述飲饌經驗的文字裡，除了展現生活情趣，往往也流露出對生命的看法。此外，我也喜歡逯耀東的雜文與序跋類作品，不炫弄文筆、不張揚技法，具有一種老派文章的從容優雅。所謂老派，不單是章法佈局方面的游刃有餘，更是心境與氣度上的安然自在。

在《似是閒雲》這本書裡，我讀到了治學態度、師友情誼、文化重量，以及知識份子的抱負。要在散文裡開展這類厚重的主題，其實不太容易。必須執簡馭繁，化沉重為流利，運筆如閒雲，才能讓文章不致生澀冷硬。逯耀東曾提到，學者季羨林的散文「平淡中蘊蓄著深厚的感情」，我想這也正是《似是閒雲》的特色。

《似是閒雲》收錄的文章裡，史料典故信手拈來，一如閒話家常，讀來沒什麼壓力。許多篇序體散文並列在一起，可以看出一個歷史學者的生命軌跡。歷史專業之外，逯耀東讀文學、讀武俠小說的心得，文字火候像是慢烹慢煮，寫得相當有味道。古今參照之下，對時局的感嘆、對人物的臧否、對生命的領會，便寄託在一則又一則的歷史材料裡。這大抵就是終身追求學問的人最熱愛的功課了。那樣的情懷，一如張孝祥的詞句「世路如今已慣，此心到處悠然」。《似是閒雲》裡的文章，筆調悠遠，有雲淡風輕之美。彷彿再怎麼艱難的課題，都可以淡然處之。

蘇轍曾指出，寫文章必須養氣。透過讀書與交遊，可以擴大胸襟氣度。逯耀東寫讀書、交遊之事，亦是波瀾迭起，格外能展現個性。他在〈外務之餘〉寫道：「做一個知識份子，必然對自己所生存的時代，有難以割捨的感情。這幾年，我們的確遭遇到幾次我們該痛哭流涕的歷史的激盪。也許自己是學歷史的，雖然生活在現代，而常常作歷史的回顧。」回顧歷史、面對時代，我尤其喜歡他的結論：「青眼觀世界」、「白眼看自己」。於是我也學著在青白眼變換之間，觀看時代的面貌，同時照見自己的存在。

學歷史這件事對我來說，最重要的從來不是強記人物、事件、年代、地名，而是明白人類如何「面對回憶」、「解釋回憶」。〈過客情懷〉、〈走過舊時的蹊徑〉寫到在香港新亞研究所求學的生活，史學家個人回憶與時局變遷緊緊相扣。逯耀東說，初到香港，不確定自己是過客還是異鄉人，那份感慨至今仍震撼著我。逯耀東曾記下一件跟學問有關的事——參加新亞研究所月會時，提出的報告是〈試釋論漢匈間之甌脫〉，會議從下午兩點開到晚上六點多，是新亞研究所月會空前絕後的一次。因為他對「甌脫」一詞的解釋與錢穆相左，受到錢穆非常嚴厲的批判。此後在新亞幾年便不敢見錢先生，直到多年後才又與錢先生親近。

《似是閒雲》裡，讀書、寫作、與人交好，從而擁有一片獨立的天地，這樣的狀態真是令我神往。掩卷之際，此心悠然，像是一片閒雲，去留總無蹤跡。

民國一〇七年七月三十一日於淡水

序

〈似是閒雲〉是我一本散文集《劍梅筆談》的序，移作書名。劍和梅是我父母名諱的一個字，為紀念父母合起來成《劍梅筆談》，在《中國時報・人間》，寫的一個專欄。

我在此間的《中時》與《聯合》的副刊，前後寫過幾個專欄：《惜金雜摭》、《劍梅筆談》、《望月樓手記》、《異鄉人手記》，還有皇冠的《過客》，在《聯合文學》寫過半年《食不言》，不久前，又被拉著參加《人間》的《三少四壯》的專欄。我對約稿的朋友說，我已老不再壯了。他們說不礙事，就這樣老牛破車又拖了一年。

其實，我非好文者，而且又懶，是不適合寫專欄文字的。這些專欄都是朋友約的，說簡單，但上了套以後，就不簡單。因為我既無倚馬可恃之才，生活的圈子又窄，知識的範圍又不廣。而且經過一陣江湖的翻騰後，已不想感時傷世了。再說少年時曾受文字累，蹲過牢，現在美其名曰是白色的恐怖。因此，在那個年頭下筆之時，就頗費思量了。

但既受人之託，而且答應了，不能爽約。就得像中學讀書時，定時作文一篇。那次我準備住院開刀，倉促間趕了八篇稿子。八篇稿子夠兩月週轉了。所以，這些稿子都是被逼上稿紙的。不過，這樣也好，如果不是被逼，其疏懶如我，那能寫得這麼些的「滿紙荒唐言」。

雖說是「滿紙荒唐言」，多少也記下我的不同時期，某些不同的感受。雖然感受前後不同，但對中國讀書人懷有的溫情與關切卻是一貫不變的。所謂讀書人，就是現在的知識份子。不過，中國傳統的讀書人和現代知識份子之間，還是有區別的。因為傳統的讀書人，擇善固執，寧折不曲，不隨流俗飄泊，自有其風骨和風格。不似現今所謂的知識份子，都說自己有獨立思考與判斷，但臨事卻身似柳絲，隨風起舞。

這些年寄身於市井之中，自逐於紛紜之外，似是閒雲一片。但青眼觀世而見飛絮漫天，無所歸依，就不能不推杯而歎了。

民國八十九年三月十九日序於臺北糊塗齋

似是閒雲

目次

目　次

目次

第一輯
誰道桑滄廢舊業

往事與沉思

最近北京大學歷史系周一良教授的自傳《畢竟是書生》，東語系季羨林教授的回憶錄《牛棚雜憶》，在大陸幾個大城市成為暢銷書。這是陸鍵東的《陳寅恪的最後二十年》列為暢銷書以來，又有兩位史學家的傳記在社會廣泛流傳。周一良是現今碩果獨存的魏晉南北朝史權威學者，季羨林是東方語文與歷史在中國的奠基者，他們都是陳寅恪的學生，現在已是快九十歲的人了，仍研究著述不輟。

最近一年來，中國大陸陸續出版了一系列中國當代史學家的傳記。這些傳記和自傳已出版的有《悠悠長水——譚其驤前傳》、《人類祥瑞——呂思勉傳》、《歷劫終教志不悔：我的父親顧頡剛》、何茲全的《愛國一書生：八十五自述》、傅正倫的《蒲梢滄桑：九十憶往》。這些史學家的傳記或自傳，分別由史學家個人或他的親人與門生故舊撰寫，叢書定名為《往事與沉思》系列，由上海的華東大學出版。

《往事與沉思》是十九世紀俄國思想家赫爾岑回憶錄。雖然赫爾岑長期飄流在俄國國境之外，但卻對自己所處的時代與曾經生活的土地，有深徹的認識與了解。所以，他說他的回憶錄是想「通過一個偶然進入歷史的人，來反映歷史。」屠格涅夫讀了赫爾岑的回憶錄，寫信給他說：「《往事與沉思》中在仇恨專制主義同時，透過每一個字都可看到對人民的愛。」法國大作家雨果也寫給赫爾岑，認為他的回憶錄是一部「崇高的編年史」，也是「俄國生活的百科全書」。

《往事與沉思》叢書編者在這部叢書的〈總序〉說，他們選擇的叢書傳主，以當代的人文科學家為主，雖然這些學者研究的範圍各有不同，但他們都是研究社會與人的。因此，透過他們的研究和經歷，可窺見當時的學術環境，文化背景，社會變化和時代風貌。長久以來，從事中國史學教學與研究，我一直堅持一個理念，就是一個時代的史學孕育在一個時代之中，並且和這個時代發生交互的影響。因此，透過一個時代的史學，可以了解一個時代社會與文化的變遷，經濟與政治的激盪。同樣地，作為一個史學家生活在這個時代之中，也受到自己生存時代潮流與點滴的感染。所以，即使一個史學家寫的是古代，卻有著他自己那個時代的痕跡。司馬遷的「欲以通古今之變」，他所關注的卻在今不在古，他所欲尋覓的是他那個時代許多變故的由來。如果沒有這個認識，就無法了解司馬遷如何突破與超越政治的壓抑，寫成不朽的《史記》。

中國史學和政治有千縷萬絮的牽連。所以，從司馬遷開始，中國史學家一直掙扎在現實政治與歷史事實之中，其間產生了許多史學與史學家的悲劇。尤其過去半個世紀，中國大陸將史學置於政治權威之下，史學附著政治成為政治鬥爭的工具。因此，每次政治鬥爭風暴掀起之時，風暴的前鋒必然先襲擊史學的園地，以一個歷史問題作為政治的引爆點，然後揪出幾個史學家作政治鬥爭祭旗的羔羊。無產階級文化大革命初起之時，「三家村」裡的幾條漢子：吳晗、鄧拓、廖沫沙就是鮮明的例子。不過，那個十年，也就是文化大革命的十年，文革集團所製造的儒法鬥爭歷史解釋體系，完全將歷史根據政治的教條，變成一個簡單的公式，為了政治鬥爭的需要，對某些歷史現象，作主觀的論斷與無限擴大的解釋，完全抹殺歷史事實的客觀價值的存在。中國史學受到空前的摧殘，中國大陸史學家受到普遍的侮辱和損害。所以，文革風暴過後，史學園地成為受害的重災區，史學家個個在精神和肉體雙方面，被折磨得體無完膚。

過去許多年，我對中國大陸史學的關注和研究，一直堅持如何尋回歷史的獨立與尊嚴，以及史學家與史學工作者的獨立尊嚴。因此，在講授「中國大陸史學」課程時，雖然對於他們的處境和遭遇寄予無限的同情與關注，並且也曾蒐集了一些這方面的資料，但還是非常不夠的。現在終於看到他們的《往事與沉思》，他們的往事竟是那麼悲慘，他們內心的感受竟是那麼深沉，烙在他們心靈上的傷痕，是永遠無法磨滅的。因為他們曾經歷了一個我們無法了解的荒謬時代。現在他們的《往事與沉思》出現了，真實地道出那個荒謬時代竟是那麼出奇的荒謬！

書生

周一良先生的自傳《畢竟是書生》，在成書之前，我就讀過周先生寄給我他在《史學理論研究》發表的影印本。這些年他每有著作出版或發表，都賜寄我一份。最近又接到他寄贈的《周一良集》五巨冊。這部精裝的文集，兩百多萬字，印刷裝訂都非常精美典雅，而且是繁體字直排，是我讀到大陸出版著作中，最堂皇的一部。《文集》剛出版，由航空包裹寄來，包裹上貼滿了郵票，竟是三百六十塊人民幣，幾與書價相等。我知他是希望我及早拜讀他的總集。周先生是魏晉南北朝史研究的前輩權威學者，他對後輩的關注與體貼，深深使我感動。

在學術研究的領域裡，我是個懶散的脫隊者。自認是一個教書匠，平時也做點研究，但既無計畫也無目標，衹是隨興所至走到那裡算那裡。而且都是些閉門造車，面壁的一己之見。

所做的工作像飄落在池塘上的雪花，瞬間就無痕了。我很少和人談學論道，其實也無甚可談。發表的論文抽印本，欲寄無從寄，堆在角落任其落塵。不過，這幾年每有著作出版或發表，都寄呈周先生誨正，承他不棄，多所策勵，說來該是個緣字。

那年，該是一九八二年的冬季，我從香港回臺北辦點事，宿在許昌街的青年會，晚間與周樑楷、黃清連、邵台新共飲，飯罷又回到青年會夜話。當時黃清連剛從美國回來不久，乘著幾分酒意，對我進行批判，他手拍著床沿，劈頭就說：「你實在太懶、太不用功，這幾年什麼也沒有做！」他說這話是有原因的。八二年他在普林斯頓修改博士論文，周一良先生往訪，劉子健先生囑他陪周先生各處看看，前後有三天的時間。他向周先生問及臺灣的魏晉南北朝的研究情況，周先生舉了兩人，其中一人是我，並且對我稱讚尤多，祇是說我做問題點到為止。黃清連說：「那就是懶！」樑楷、台新在旁扯他，意思要他少說幾句。我擺擺手，讓他暢所欲言，清連從我遊近三十年，我們師徒常是這樣，有話直說。最後他說：「你看，人家這麼看重你，你卻什麼也不做！」

我聽了他的話，一面慚愧，一面暗自竊喜。這些年在香港原本為了自逐於紛紜之外，而且那邊待遇優渥，除了「坐以待斃」之外，實在沒有什麼事可做。喜的是，自己這些年的研究獲得肯定。而且肯定我的人竟是自視甚高又不相識的前輩周一良先生。我著實高興了幾天。

因為自己出的貨竟被行家賞識，當然值得高興的。所以，對周一良先生我有知遇之感。因此，一九八五年「紀念陳寅恪先生國際學術會議」，在廣州召開，聽說周一良先生也南來參加。於是，我臨時決定前往參加這次會議。在會議上見到周一良先生。因為會議上人多，僅作寒暄。

不過，在會議上所聽到盡是陳寅恪偉大，很偉大，非常偉大的歌頌之聲。我立即提出批評，認為這是受了長久以來歷史人物評價二分法的影響，無法對一個歷史人物有客觀的認識和了解。回到香港後寫了一篇〈且作神州袖手人〉。分析陳寅恪古典今情的心境，並且談到陳寅恪和周先生的關係。文章發表後，寄給周先生一份，他從美國寫信給我說對材料引用非常細心。他指的是我用的陳寅恪〈魏書司馬叡傳江東民族條釋證及推論〉的序，說明他們的關係，不過，周一良先生說這個序因為他的「曲學阿世」，而被陳寅恪刪掉了。

一九九一年我去京北草原時過北京，到北大朗潤園拜謁周一良先生。那是一個夏日的午後，斜陽在微風裡移動著滿園的樹影，枝頭有聒噪不安的蟬詠。但周先生的書齋裡卻是寧靜的，紅潤的面龐襯著頂上的銀髮，安詳微笑地坐在那裡說話，語調緩和平順。我突然發現我面前坐著一個書生，是幾千年的文化傳統孕育而成的書生。雖然經歷了百劫的磨難，各種不同的損害，污辱和誤解，但那種溫文儒雅的中國書生的風骨，卻是摧殘不去的。

《論學談詩》之外

胡適與楊聯陞先生往來書札《論學談詩二十年》出版後（聯經，臺北，一九九八），我寄了一本給北京的周一良先生。因為當初他和楊聯陞先生都在哈佛留學，其中有些關於他的材料。周先生接到書，寫信給我說雖然寄書人沒有署名，知道是我寄的。讀後有很多感慨，並且說已借給有關的人傳閱。書札中有周一良與胡適、楊聯陞、陳寅恪諸先生相關的材料，透過這些材料，可以對某些學術的問題與情況，有個側面了解。

談到胡適和周一良的關係，胡適一九四三年十月二十七日致楊聯陞信中說：「在康橋得與老兄和周、張、任諸兄暢談，十分高興，至今不忘。」周就是周一良，這次暢談是在周一良家。胡適十月四日《日記》說：「晚上在周一良家吃晚飯。同座的楊聯陞、吳保安、任華都是此間深於中國文字歷史的人。周夫人也是有學問的。一良說唐文宗第一個年號是大和不是太和，錢大昕曾有考證。在紐約作考證文字，無人可論，此間人頗多，少年人中頗多可大談中國文史之學的。」

胡適卸任駐美國大使後，移居紐約。這年的二月十一日到哈佛東方語文系演講，十四日在趙元任家午飯。胡適當日《日記》記到：「客散後，有些中國留學生來談，直談到晚上。」當時周一良可能也在座。不過，這次在周家晚飯的暢談，是胡適應哈佛美軍陸軍訓練班之邀，作六次中國歷史文化的講演。美國對日開戰後，為了訓練官兵的中日語文，在各大學開設特別訓練班，哈佛也是其中之一。中文班由趙元任主持，楊聯陞是他的助手，日語由葉理綏(Serge Elisseeff)負責，周一良也在日語班授幾堂課，因而有了周家飯局的暢談。胡適對這次暢談餘興未了，回到紐約寫了兩首詩，其中一首〈雙橡園追憶〉：「窗前兩棵七葉楓，三秋日日賽花紅，康橋楓葉雖然好，終讓他們來夢中。」詩後有記：「前兩天偶作小詩兩首，不能不說是康橋諸詩人的影響也。」附在信裡寄給楊聯陞，分贈周一良等。

一九四四年十月到次年五月，胡適又應哈佛東方語文系約請，講八個月的中國思想史，再往康橋，仍住大陸旅館一〇四號，還在趙家吃飯。一良回憶當時的情形，他旁聽了胡適的課，並有較多時間和胡適談學術的問題。他記得那時胡適正在研究《易林》的作者問題，談起來眉飛色舞，滔滔不絕。周一良認為胡適能把很枯燥的內容，講得通俗易懂，引人入勝。周一良說胡適當年就擅長說故事，看來他把講故事的本領，帶進了他考據之學的領域。這段期間胡適與周一良相處頗得，並為周一良題了一幅扇面，寫的是辛棄疾的詞，末二句是「醉疑松動要來扶，以手推松曰去。」這幅扇面周一良一直保存到文化大革命時期，才化為灰燼。周一良又在家請胡適吃飯，作陪的有趙元任夫婦，那天是一九四五年的四月十二日，吃飯的時候恰恰傳來羅斯福病逝的消息。

胡適在康橋八個月，在當時哈佛的中國留學生中，特別欣賞楊聯陞、周一良的才情。所以，他回到紐約，就寫信給楊聯陞，一九四四年六月二十一日，胡適致楊聯陞的信說：「北京大學萬一能復興，我很盼望一良與兄都肯考慮到我們這個『窮而樂』的大學去教書。」當時抗戰還沒有勝利，胡適也沒有出任北大的校長。不過，卻已經為北大復興而延攬人才了。

胡適對楊聯陞的邀約，很快得到答覆，胡適一九四四年六月二十九日的《日記》寫到：「我上週去信，約楊、周二君去北大教書，他們皆有宿約，不能即來。」所謂「宿約」，周一良出身燕京大學歷史系，由洪煨蓮選拔獲哈燕社獎學金，到哈佛研究日本比較文學，條件是學成後須回燕京服務。楊聯陞則應當時在哈佛訪問的張其昀的邀約，到浙江大學任教。不過，後來楊聯陞沒有去浙大，留在美國哈佛，周一良則於一九四六年，懷著「漫卷詩書喜欲狂」

的心情，攜妻兒離開繫留七年的哈佛回國了。

但這一去一留，使周一良與楊聯陞兩個自一九二八年訂交的朋友，分隔在兩個不同的世界，有了不同的學術生涯，兩個截然不同的人生。

不破不立

胡適出任北京大學校長，周一良已回燕京大學教書，並在北大兼講日本史，有更多機會向胡適請益。周一良寫了一篇〈《牟子理惑論》的時代〉，他認為《牟子理惑論》的序和本文一部分是公元二世紀初牟廣的著作，而其中一些關於佛教的語文，大約是三、四世紀後人所加。所以，《牟子理惑論》本是道教書，後來被改頭換面成為宣揚佛教的文件，周一良將這篇文章給胡適指正。胡適對這篇文章的大膽假設和論證，非常感到興趣，祇是對論證有些意見，寫了封很長的信和周一良討論。這篇文章發表在一九五〇年的《燕京學報》，文章後面附了胡適的函件。不過，周一良後來結集時，卻刪去胡適討論的信，當然是政治的考慮。現在的《周一良集》又附上這封信，這也是周一良所說的「史諱舉例」的一例。所謂「史諱」，是史學受現實政治的限制，而有所削改。像過去周一良的書或論文在臺灣出版，作者姓名就改為「周乙量」。

自一九四九年後，胡適與周一良分隔兩地，再也不通消息。一九五五年九月二十八日，楊聯陞致胡適的信中說：「今夏（荷蘭）萊頓舉行的少壯漢學家年會，中共派翦伯贊、周一良參加，正好葉理綏、費正清也去了，都與周一良談過。（周一良在《歷史研究》那篇〈西洋漢學與胡適〉文中，曾說費正清是特務，見了面倒很客氣。）今天葉理綏給我看一張照像，裡面有周一良，他比以前胖多了。站著的時候頭項有幾分向前彎，還是他從前常有那個姿態。」

在一九五四年中國大陸掀起的「胡適資產階級思想批判」運動中，周一良除了寫了〈西洋漢學與胡適〉外，還在《光明日報》發表一篇〈批判胡適的反動歷史觀〉，對胡適「反動」思想進行批判。除了與胡適劃清界線外，並對自己也作了嚴厲的批判，承認胡適所提倡的考據學，曾對他發生影響。他應用胡適「大膽假設，小心求證」的實驗主義去辨偽，完全忽略了社會經濟對歷史發展與演變的影響。對於胡適思想批判，周一良後來說：「當時的確誠心誠意，認為自己作為新中國的知識份子，應當改造思想。『不破不立』，應該根據自己理解進行批判，即使過去尊重的人。」（〈追憶胡適之先生〉，李又寧編《回憶胡適之先生文集》第二集頁 103–108）

在批判胡適思想之初，郭沫若發表的〈三點建議〉，提出「上了年紀的人」必須進行「新我」與「舊我」的鬥爭。所謂「上了年紀的人」，就是從舊社會過渡來的知識份子。他們在新社會中必須經過思想改造，學習馬克思主義與毛澤東思想，和過去劃清界線，成為新社會的新知識份子。「胡適思想批判」可說是知識份子經過「思想改造」後成果的實踐與展現。所以，每個舊社會過渡來的知識份子，不論識與不識都向胡適投槍。周一良也積極參加胡適思想批判，周一良說：「我生性小心謹慎，加之解放後『原罪』沉重，認為自己出身剝削階級。又在舉國抗戰期間置身國外，對不起人民，運動開展後則誠心誠意努力緊跟，以後歷次運動無不如此。」（周一良〈畢竟是書生〉，見《周一良集》第五卷《雜論與雜記》）

像許多從舊社會過渡來的知識份子一樣，周一良想滌盡身上的「原罪」，蛻變成一個新中國的知識份子，他的確這樣努力過。但誰也沒想到毛澤東在〈正確處理人民內部的矛盾問題〉發表時，將知識份子劃出「人民」之外，列歸小資產階級的階層，開始了以後知識份子悲慘的命運。經歷萬劫的周一良，最後終於發現自己還是個書生，他不僅刻了一方「畢竟是書生」的印章，並以此為他自傳的名稱。雖然傳統的書生有許多可愛的性格，但卻自來就有依附政治的懦弱性，而且他們有天真浪漫的情懷，在近代民族運動思緒激勵下，誤墜入野心家的彀中。中國現代知識份子的悲劇，周一良個人的悲劇都是這樣產生的。

誰道桑滄廢舊業

一九八二年周一良的《魏晉南北朝史札記》即將出版，在美國的楊聯陞贈詩一首：「北人淵源無多子，寅老家風學步難，誰道桑滄廢舊業，猶能健筆作龍蟠。」所謂「誰道桑滄廢舊業」，卻道盡周一良回歸魏晉的曲折，也說出大陸史學家過去半個世紀的悲慘境遇。

一九四六年胡適致楊聯陞的信說：「《史語所集刊》一一本一、二集合刊，有寅恪先生〈魏書司馬叡傳江東民族條釋證及推論〉序內提及一良，並致思念。」陳寅恪的序是這樣的：「噫！當周君往復討論之時，猶能從容閒暇，析難論學，此日回想，可謂太平盛世。今則巨浸稽天，莫知所屆，周君又遠適北美，書郵阻隔，商榷無從，搦管和墨，不禁淚泗之泫然也。」這篇充滿離亂思緒與懷念遠人的序文，而所懷念的周君，又是年輕的後生，是陳寅恪嚴肅的學術論文中，絕無僅有的筆鋒帶有濃厚感情之作。

五四以後，中國古史研究成為顯學。至於「不今不古」的魏晉隋唐是非常荒蕪的。自從陳寅恪在清華研究院講授「魏晉南北朝史專題」，成為這個領域的播種者，後來名家輩出，多自陳氏門牆。當時周一良正在燕京歷史系讀書，風雨無阻到清華「偷聽」陳寅恪的課。後來周一良到史語所工作，雖然時間不長，祇一年多，但得列陳寅恪的門牆。他前期有關魏晉的重要論文，都是這個時期寫成，他的才情深得陳寅恪的賞識。周一良在哈佛，因為獎學金的關係研究的是日文和梵文，他的博士論文是《中國的密教》。不過在佛教典籍的翻譯方面，仍和魏晉有所關聯，並且向陳寅恪請教。

一九四九年以後，周一良經歷了土改、思想改造，他說：「經過學習、討論、檢查，終於樹立起服務的需要，任何地方任何工作都是幹革命的思想，這樣想通以後我堅決奉行不變，始終如一。」所以，院系調整後，他分配到北大歷史系，因為既在系裡教日本史，又通幾門外語，而負責亞洲史教研究的工作，從此開始研究亞洲史。自此以後，完全和魏晉研究絕緣。

從一九五五年，肅反運動開始，周一良正式參加政治運動，自此以後，陷入政治泥淖，就難以自拔了。最後，在文革期間打入牛棚，受過噴氣鬥爭和拳打腳踢的污辱後，和馮友蘭、林庚、魏建功等四人，被調到「梁效」批判組的注釋工作。「梁效」是北大和清華「兩校」的諧音，是文革集團北方寫作的班子，注釋組負責解釋傳統經典，以備顧問。因此受到外界不同的誤會，對四位老教授稱為「新四皓」。文革過後，作家舒蕪有〈四皓新詠〉，其中一首：「影射含沙罵孔丘，謗書莞鑰護奸謀，先生熟讀隋唐史，本紀何曾記武周？」就是對周一良而發。

陳寅恪對周一良被調到「梁效」工作，也甚不諒解，在文革風暴中恐受到文字牽累，刪削自己文稿時，就將懷念周一良的那篇序文刪掉了。所以，蔣天樞編的陳寅恪《金明館叢稿》就沒這篇序。周一良說他「完全理解」，那是因為他「曲學阿世」。「曲學阿世」，陳寅恪〈贈蔣秉南序〉說他「失明臏足，棲身嶺表，已奄奄垂死，將就木矣。默念平生因本嘗侮食自矜，曲學阿世，似可告慰朋友者。」這篇陳寅恪的自輓詞，藉他的學生蔣天樞南來祝壽婉轉道出，確費了許多思量。

四人幫倒臺，一夜之間，「梁效」的成員成了現行的「反革命」，必須接受政治審查。審查的時間近兩年，每一個「梁效」的成員，都有一個「監改」人員陪伴，陪伴周一良的是一個校外工人師傅，終日沉著臉，不與他說話，但卻不管他看什麼書。於是周一良先讀馬、列、斯、毛的經典，然後又試著從家裡帶線裝書來看，監改也不聞不問。於是他就一部《二十四史》從頭讀起來了。周一良說：「讀到《三國志》以下的魏晉南北朝部分，舊歡重拾，如睹故人。我一邊讀一邊作筆記，這就是後來出版的《魏晉南北朝史札記》的由來。」

像陳寅恪雖經歷離亂，仍然心繫著那個遙不可及的桃花源。同樣地，周一良雖在政治風暴之中，還像陶淵明那樣念念不忘他的舊田園。現在在幽囚之中，終於尋回他失去已久的寧靜，重回荒蕪已久的舊田園，其間的歷程卻幾經滄桑。回到自己舊田園之後，周一良已是耄耋之年了。但努力不懈地勤耕自己的土地，即使一度折了右腕，仍以左手奮書不輟。他是想追回自己因政治干擾與誤解，荒廢的數十年光陰。所以捧讀《周一良集》，就使人想起劉知幾在《史通》最後所說：「撫卷漣洏，淚盡而繼之以血也。」

天涼好個冬

季羨林先生的自傳《我的心是一面鏡子》說，如果把他的一生分成兩截的話，前一截是舊社會，共三十八年。後截是新社會，已經過了半個多世紀。他用自己的心作為一面鏡子，反映所經歷的兩個截然不同的時代。怎麼來評價鏡子裡照出來的？他說：「嗚呼，慨難言矣！慨難言矣！『卻道天涼好個秋』。我效法這一句詞，說上一句：『天涼好個冬。』」

「天涼好個冬」，尤其那個十年，豈止是冬天，對中國知識份子而言，簡直是萬里冰封的冷峻酷寒。那陣冰雪過後，我一直留意中國知識份子被摧殘、被損害、被污辱的資料。從錢鍾書夫人楊絳的《五七幹校》、巴金的《隨想錄》、以及周一良先生的《畢竟是書生》，最後是季羨林先生的《牛棚雜憶》，尋覓到一個可能的答案，那就是如何將知識份子鬥得求生不得尋死不能之後，徹底摧殘了幾千年文化培育的知識份子尊嚴，因為「這是中國歷史上空前的最野蠻、最殘暴、最愚昧的一場悲劇」。

在這場悲劇落幕後，季羨林先生也在等待一部描繪這場最愚昧悲劇的書出現。但他想要看到的東西始終沒有出現。他想蹲過牛棚，有這種經驗的人無慮百千，為什麼沉默不語呢？他怕這場荒謬的歷史劫難，漸褪色，最終變成人們談論的「天方夜談」。於是，他悲哀地，孤獨地奮筆直書，終於寫出他的《牛棚雜憶》。為那場既無「文化」又無「革命」的「無產階級文化大革命」，留下一面歷史的鏡子。

讀《牛棚雜憶》，使我不寒而慄的，倒不是被打進牛棚的知識份子，所受到的肉體摧殘。而是季羨林先生說：「天天吃窩窩頭就鹹菜，天天勞動強度很大，肚子裡又沒有油水，總是飢腸轆轆，想找點吃的。我曾幾次跟在牢頭禁子的身後，想討點盛在醬豆腐罐子裡的湯，蘸窩窩頭吃。」他又說：「我被分配到學生宿舍區一帶，勞動任務是打掃兩派武鬥時破壞的房屋。我記得二十八樓南頭的一間大房子裡，堆滿了雜物，亂七八糟，破破爛爛，什麼都有。我忽然發現，一個破舊蒸饅頭的籠屜上，有幾塊已經發了霉的乾饅頭。我簡直如獲至寶，拿來裝在口袋裡，在僻靜地方，背著監改的工人，一個人偷偷地吃。」

關進牛棚裡的人，走路是不許抬頭的，季先生說：「有一次我在路上撿到了幾張鈔票，都是一毛兩毛的。我大喜過望，趕快搋在口袋裡。以後我便利用祇許低頭走路的條件，曾撿到一些銅子兒，這又是意外的收穫。我又發現一條重要的定律，在『黑幫大院』的廁所裡，掉在地上的銅子兒最多。從此別人不願意進廁所的，反而成了我最喜愛的地方了。」找幾個輔幣，可以買點鹹菜就窩窩頭吃。

季先生說他覺得隱忍苟活是可恥的，「士可殺，不可辱」，但到這個時候完全拋到腦後了。剛離開「牛棚」時，他說雖生猶死，成了半個白痴，到商店買東西，不知怎麼說話。讓他抬頭來走路，覺得非常不習慣。耳邊不再響起「媽的」、「混蛋」、「王八蛋」一類的詞，但卻覺得奇怪。見了人，是口欲張而囁囁，幾乎變成一具行尸走肉，他已經「異化」為非人了。這場浩劫怎麼會將一個高級知識份子，折磨到如此地步。這正是毛澤東發動無產階級文化大革命想做的，現在他真的做到了，知識份子的尊嚴卻蕩然無存。

「完全解放」後，季羨林先生又回到學校，被分配到他創辦的東語學系當門房。當門房的任務有三，一是看守門戶，二是傳呼電話，三是收發信件和報紙。門房在一樓左邊，一間朝外的小房子。季先生被派到這裡，規定祇能規規矩矩，不准亂說亂動。他一個人待在大玻璃窗內，眼瞅著出出進進的人，非常無聊。感到「不為無益之事，何以遣有涯之生」。最後決定偷偷翻譯蜚聲世界文壇的印度兩大史詩之一的《羅摩衍那》，這部史詩約兩萬頌，每頌譯為四行，共八萬多行，一人獨力經營，是一個浩大的工程。而且當門房那敢公然將原書帶來讀，所以先是晚上在家將詩譯成散文。然後在送報與傳呼電話之餘，推敲改成韻體，這部卷帙浩瀚的史詩，就在「躲進門房成一統」的情況下完成的。對季先生而言，這真是冬天裡的春天。

一九九一年夏天，我去京北草原過北京，拜謁季先生於燕園。季先生的宿處在一座荷池旁，有楊柳的輕風和榆樹的濃蔭，房子是公寓式的一樓。叩門，門是颺開著的，走進室內無人相應，再轉到對面的書房，門也是開著的，室內堆滿了書籍和研究的資料，我輕喚季先生在嗎？突然從資料和書堆中浮出一個頭來，先是蕭蕭的白髮，然後是一張潤紅微笑的臉。

神靈的呵護

法鼓人文社會學院召開的「人文關懷與社會實踐」，竟邀請到季羨林教授。如果季先生能來，將是這些年兩岸學術交流所邀請的年紀最長者。季先生今年八十八歲了，但身體健壯，步履輕穩，也是中國當代最重要的學者，季先生清華大學西方文學系畢業，一九三五年萬里投荒，留學德國，後來因大戰爆發繫留異域十年，一九四五年回國，應聘北京大學，創辦東方語文學系，其後雖然經歷磨難，也沒有離開教學與研究的崗位。他在北京大學已五十四年了。

季羨林先生是陳寅恪先生之後，通曉語文最多的學者，他精通英語、德語、梵語、吠陀語、巴利語、俄語、法語，並且是世界上少數幾個通曉吐火羅語的學者之一。他曾領導一批青年學者校注《大唐西域記》，剛從牛棚放出來，就立即著手翻譯卷帙浩瀚的印度史詩《羅摩衍那》。季羨林先生雖然像陳寅恪先生通曉這麼多種語文，但他的心境，卻不像陳寅恪先生那麼愁苦，對一切橫逆，淡然處之，永遠一襲藍布中山裝，一臉恂然的微笑。望之若山東鄉下進城的土老兒，樸實無華。而且季先生卻寫得一手的好散文，文章恬靜清澈。他的一篇〈春滿燕園〉，被編入大陸的中學教科書。去年他的《牛棚雜憶》，回憶他在牛棚裡被污辱、被摧殘的經歷，讀之令人怵目驚心，誰能想到中國知識份子，竟遭受到這麼悽慘的際遇。這本書被列為去年中國大陸非文學類暢銷書的第四名，此間的《傳記文學》曾轉載了這本書。

最初拜識季羨林先生，在一九八八年廣州中山大學召開的「紀念陳寅恪教授國際討論會」上。他在分組討論會，報告了〈從學術筆記本看陳寅恪先生的治學範圍和途徑〉。所謂「學術筆記本」，是陳寅恪先生的家人和中山大學歷史系師生，在清理陳寅恪先生的遺物時發現的。六十四本筆記本是他在德國留學時，隨手箚記的讀書筆記，絕大多數用鉛筆寫成，字跡潦草，辨識困難，內容卻非常豐富。季羨林先生說，這些看起來無足輕重的筆記本，對了解陳寅恪先生治學的範圍和途徑，卻有非常重要的意義，更是其他資料無法代替的。

季先生說這些陳寅恪先生在德國讀書的箚記，回國後又隨時增加了些材料，實際是陳先生用來累積材料的。這六十四本筆記算是不少了，可能不是全部，但能留下這麼多已經不容易了。因為從空間說，由德國到中國，地跨萬里，就時間而言，從二十年代到八十年代，隔越半個多世紀，其間幾經動亂，及十年的文革浩劫。最後季羨林先生帶著濃郁的山東鄉音，用充滿感情的語調說：「這真是神靈的呵護！」

季羨林先生將這些筆記本仔細整理查閱，將其歸納分類，其中有藏文十三本、蒙文六本、突厥回鶻文一類十四本、吐火羅文一本、西夏文二本、滿文一本、朝鮮文一本、中亞、新疆二本、佉盧文二本、梵文、巴利文、耆那教十本、摩尼教一本、印地文二本、俄文、伊朗一本、希伯來文一本、算學一本、柏拉圖（實為東土耳其文）一本、亞里斯多德（實為數學）一本、《金瓶梅》一本、《法華經》一本、天台梵文一本、《佛所行贊》一本。

季羨林先生說從這些筆記本可以看出，陳寅恪先生治學的範圍是非常驚人的。專就外國文字而言，英德法俄文是工具文字，他對這些文字都下過深淺不同的工夫，還有些文字如印地語、尼泊爾語等，他曾涉獵過，至少也注意到了。專從筆記本的內容與數量來說，陳寅恪先生致力最勤的是中亞、新疆一帶的歷史、文化和語言的研究，以及蒙文和滿文。祗是後來陳寅恪先生專門從事六朝隋唐史的研究，應用這些文字發表的文章反而不多，所以在這方面的造詣，並沒有完全表現出來。不過季羨林先生特別強調說，陳寅恪先生是「蓄之於內者多，而用之於外者少」。

真是神靈的呵護，如果不是季羨林先生當年在清華，「偷聽」了陳寅恪先生的「佛教文學」，立志要走陳寅恪先生的道路，在德國忍飢挨餓十年苦讀不輟。如果季羨林先生熬不過牛棚的磨難，而「自絕於人民」，那麼，陳寅恪先生的這六十四本筆記本就無人可辨認，變成一堆廢紙了。

異鄉人的收穫

季羨林先生終於來了，我也終於見到季先生。季先生抵臺灣後，當晚就有許多人採訪，甚至到深夜十二點，還有人打電話要見他。完全破壞季先生的作息時間。這些年他都是八時睡，黎明四時即起來讀書。所以，這些過於熱情無謂的應酬，將老先生累倒了，高燒四十度，強支持著講完開幕的專題演講，就留在旅館裡休息了。

季先生堅持有始有終，要參加會議的閉幕式。我終於在會場上見到他。距上次到北京在他書房裡晉謁已經八年。那時他剛八十，現在已經八十八歲了。但仍面帶微笑，一襲藍布中山裝。他笑著說收到我寄去的書，並且說：「沒有想到你除了寫歷史論文，還能寫文章，真好。」我說：「哪有您寫得好。」季先生的散文平淡中蘊蓄著深厚的感情。他又說：「這次雖然來開會，但最大的心願，是到胡適先生、傅（斯年）先生、梁（實秋）先生墓上拜祭，他們是我的老師朋友。」我怕他累，起身告退，他拉著我的手，希望我到北京去看他。

這次季先生來臺灣，太匆匆，太忙亂，不像那次到香港訪問，來得平靜安寧。那次季先生到中文大學訪問，住在新亞會友樓，離我的研究室不遠，我常去請問起居。一天午飯後，我又去看季先生，隨同前來照顧他的學生李鐵，過海到香港辦點事去了。季先生正在廚房裡彎著腰下餃子，然後回到客廳和我話家常，等餃子出鍋。

但等了很久，我走到廚房，還不見餃子浮起來。發現下餃子的鍋太淺，餃子都坐了底。於是，我用鍋鏟將坐底的餃子輕輕鏟動，再加小半碗水。不一會兒餃子都浮起來了。然後我將餃子盛妥，又添了碗餃子湯，送到客廳裡微笑等待的季先生面前。我說：「餓了。」季先生接過餃子淡淡地說：「還好，練出來了。」我坐在一旁，靜靜看著季先生扒食著餃子，不解「練出來」是何意。季先生喝了口餃子湯然後說，當年他繫留在德國，到後來生活越來越艱窘，大家沒有吃的，都鬧饑荒。那時他已經在哥廷根大學教書，沒吃的就念書充飢。有天一個學生來找他，對他說下鄉找點吃的。於是，他們師生二人就騎自行車出城到鄉裡去。當時正是蘋果採收季節，德國的壯丁都被抽到前線打仗，剩下的都是些老弱婦孺，滿園成熟的蘋果無人收採，任其在那裡進行牛頓定律。

於是，他們師生二人就幫年邁的園主採擷蘋果。他們一面摘一面吃，剛從樹上採下的蘋果新鮮多汁，非常壓餓。其實那時已不知道什麼是飢飽了，祇是想吃能吃，臨走，果園主無以為謝，送給他們一袋地豆，也就是俗稱的馬鈴薯。回到家雖然累了，還是將這袋馬鈴薯洗洗，完全倒在鍋裡煮了。煮熟了就一個個剝皮吃，無油無鹽，不一會兒就吃光了。那一袋馬鈴薯少說也有五六斤，都下了肚，但也不知道飽了沒有。

戰爭結束，恰巧陳寅恪先生到英國治眼，季先生寫信去聯絡上，陳先生回信要他回國。於是季先生告別繫留十年的德國，假道瑞士回國，在瑞士住了三個多月的醫院。季先生笑著說治的就是不知飢飽的病，出院後才知道什麼是飢飽。所以季先生說他的餓是練出來的。

然後，季先生話鋒一轉，他說這個練出的餓，到那三年的大饑荒，卻頂了用。人家都熬不住餓，他卻覺得是很平常。這真是意想不到的事。異鄉人飄流在異鄉，練得一身忍飢挨餓的工夫，竟然用在紅旗招展躍進的祖國，真是意外的收穫。

但不知當時大家都在挨餓，季先生夢到花生米沒有？因為他在〈重返哥廷根〉的文章說：「他們（德國人）處境如此，我的處境更糟糕。烽火連年，家書億金。我的祖國在受難，我的全家老老小小在受難，我自己也在受難。中夜枕上，思緒翻騰，往往徹夜不眠。而且頭上有飛機轟炸，肚子裡沒有食品充飢，做夢就夢到祖國的花生米。」

〈重返哥廷根〉是篇充滿感情的文章，季先生說：「我真是萬萬沒有想到，經過了三十五年的漫長歲月，我又回到這個離開祖國幾萬里的小城裡來。」他回到這個小城為拜謁住在養老院的老師和師母，文章最後寫他和兩位老人告別：「我噙著眼淚，鑽進了汽車。汽車開走時，回頭看到老教授還站在那裡，一動也不動，活像是一座塑像。」

第二輯

走過舊時的蹊徑

外務之餘

我是個學歷史的，雖然中國自古文史不分，但在一切都趨向專業化的今天，文史之間，確已有了若干不必要的距離。因此，舞文弄墨，畢竟不是學歷史的為往聖繼絕學之道。所以，每當我提筆為文時，就會想起多年前上中學，父親一再告誡，必須潛心向學，切不可塗鴉，塗鴉是外務，而有一種不務正業的內疚。

但這幾年的確幹了不少這樣外務，寫了一些「一把辛酸淚，滿紙荒唐言」的文章。不僅寫了，現在竟要結集出書，而且出兩本書：一本《異鄉人手記》，一本《丈夫有淚不輕彈》，這真是當初沒有想到的事。

雖然，我學歷史卻無法避免生活在歷史之中，而受到自己生存時代的歷史感染。記得那年，從臺灣乘船去香港，一夜輾轉難眠，黎明時分，爬上甲板漫步，等待海上日出。我身旁也有位旅客在散步，他手裡提個收音機，正播放著柔和的晨間音樂。突然間音樂停了，插播甘迺迪被刺的消息。我們都停了下來，聽罷這個消息，彼此沒有說一句話，祇交換了凝重的一瞥，就分開了。當時船正行在茫茫海上，又被茫茫晨霧圍裹著，我茫茫四顧，心裡浮現的也是一片茫茫。

船靠岸後，我買了份剛出版的《時代週刊》，上面有段報導，說當甘迺迪被刺的消息傳到瑞士，記者訪問一位在街上行走中的老婦人，當她聽到這個消息後，竟當街嚎啕大哭起來，並悲切的喊道：「這是個啥年頭喲！」(What an age we are living!) 瑞士是世外桃源，不聞兵革之事久矣。那老婦人優游其間，竟被這個突然發生的消息，震撼得淚涕滂沱起來。這則新聞同樣也震撼了生於憂患，長於離亂的我。這些年來，她的那句話，一直迴旋在我心中，我也常常想說，常常想問：這到底是個啥年頭？

我們生活的，難道真像《雙城記》開頭所說的那樣：這是個最好，也是個最壞的年頭；是個智慧，也是個愚蠢的時代；是個明媚的春，也是個酷寒的冬？但不論好壞，不論智愚，不論春冬，我們都必須生活在其中，而且無法避免，無法逃避地生活在其中。尤其這幾年，經歷了一連串家事國事的變動，我想得格外真切，感觸也更深沉了。也許這是我又提筆為文的一個很重要原因。因此，我在此間報紙副刊上，先後闢過《惜金雜摭》、《望月樓手記》、《劍梅筆談》幾個專欄，所寫的，都是自己所感、所想說的。正表現了生活在這個歷史環境中，一個卑微的個人所發抒的些微輕喟，這些輕喟現在就凝聚成《異鄉人手記》和《丈夫有淚不輕彈》。

這裡雖然不是我的故鄉，卻是我的故國。因此，每當我離開此地到外地去，一種飄零之感便油然而生，更能體會自己是生活在離亂之中。這種離亂的心境是很複雜的，必須以極大的勇氣面對，才能生活下去。因此，在異鄉，我常常用雷馬克那句「沒有根的生活是需要勇氣的！」來排遣異鄉黃昏的寂寞與迷惘，來咀嚼秋落在異鄉人心上，合成個愁字的滋味。經過幾度異鄉飄泊，又遭歷了喪母失父之痛，我的兩鬢已飄霜，真的到了「好個天涼」的年紀，我的心境和筆觸變得更蒼涼了。這也是我把兩本集子之一，稱為《異鄉人手記》的原因。這本集子記載了我心路歷程轉變的痕跡。因此，特別選了幾篇我為賦新詞強說愁年代的「青杏」作品，包括中學時代發表的〈故鄉，故鄉，故鄉！〉，大學時代早期的〈村居書簡〉、〈發霉的日記〉。

做一個知識份子，必然對自己所生存的時代，有難以割捨的感情。這幾年，我們的確遭遇到幾次我們該痛哭流涕的歷史的激盪。也許自己是學歷史的，雖然生活在現代，而常常作歷史的回顧。所以，對我們目前生活的現實環境，雖不儘滿意，但卻不悲觀。生活在今天，我們確當有淚，但我們的淚卻不輕彈。因此，我把另一本集子定名為《丈夫有淚不輕彈》。

至於我把這些文章分成兩本出書，倒不是散文或雜文的關係。說實在的，我不是學文學的，到現在還分不清散文與雜文的界限在那裡。這些文章都是有感即發，想到就寫，根本談不上什麼寫作技巧的。如果要分，祇能這樣說，《丈夫有淚不輕彈》，是我用青眼觀世界，《異鄉人手記》，是我用白眼看自己。

（本文為拙作《異鄉人手記》、《丈夫有淚不輕彈》的序）

似是閒雲

六年前，我同時出版了一本散文集《異鄉人手記》，一本雜文集《丈夫有淚不輕彈》。在這兩本集子前面，有一篇共同的前言：〈外務之餘〉。

的確，在報刊發表文章，是我教書營生以外的外務。因此，就有朋友勸我，不要再寫這類文章了，做點自己的正事吧。所謂正事，也就是能寫點為往聖繼絕學的文章。心想這些年站在講臺上，不斷口沫橫飛地發寂寞的獨白。雖然是「把吳鉤看了，欄干拍遍，無人會，登臨意」，但心裡倒也了結了幾顆繭，到現在這時候，也是該化成花蝴蝶飛出來的時候了。

這裡，石林矗立，紅塵滾滾，真不該是一個為往聖繼絕學的地方。但「世路如今已慣，此心到處安然」，這幾年來，寄跡於市井之中，自逐於紛紜之外。雖無菊可賞，南山可觀，而生活卻已接近無友、無信、無電話的「三無」境界。其間時有臺北去來，也祇是悄悄地，約三二知交淺酌話舊。漸漸地，我讀通了《史記・伯夷列傳》，進一步對《漢書・王貢兩龔鮑傳》，也有了某種程度的了解。現在又低迴在《後漢書》〈儒林〉、〈逸民〉、〈方術傳〉之間。

多年前，我寫過一篇〈何處是桃源〉，那是因為陳寅恪先生將陶淵明的桃花源固定在弘農或上洛間。我的老師勞貞一先生認為那裡一片黃土，既無桃花，更無幽竹可看，想往南移一移。於是我將武陵人住的地方，南移到當時淮泗的邊荒地帶。不過，我最後卻說，我們似乎不該將桃花源固定在某一個地方。這樣可以留給生活在亂世，又無山林可遁的人，有一個遙望青山，仰觀白雲遐思的機會。是的，在中國知識份子心中，除了繼承治統或道統之外，他們還是有第三條路可走的。那是他們胸中心裡隱藏著一個桃花源，自有青山白雲，又何必另有山林呢。祇是我們沒有及早發現，才落得那樣熙熙攘攘，惶惶慌慌，像一隻跌落在岸邊的魚，在那裡痛苦地跳蹦和掙扎。

這又何苦呢！我們真該使自己生活過得安閒些。來到這裡，我的研究室落座在荒山上，但窗外卻是一個寧靜的海灣，有青山有綠水，在晴朗的日子裡，藍天裡浮著幾堆白雲，的確是個使人可以進入漁樵閒話的地方。祇是山腳下濱海的地方，隔不多久就有一列火車駛過，往來的列車載著許多過去我想知卻無法知道的信息。這些年來，也許因為自己也讀過幾頁書，所以非常關心中國讀書人的信息。雖然，對於中國讀書人，我已不像以往那麼崇敬了。不過，我覺得中國讀書人，除了往往會「口水多過茶」，多說些自以為是的話外，其他方面還是很可愛的。因此，他們不該受那麼大的折磨、污辱和損害，但事實上他們都遭遇到了。這是歷史的事實，不論現在怎麼落實，也無法將這個歷史的悲劇顛倒過來。因此，我寫了〈桃花源裡偷雞〉、〈三家村裡錯幫閒〉、〈無奈的苦戀〉、〈春自北京來〉。

　　這幾年來，最使我感到痛心的，是接二連三地痛失良師。我準備離開臺北時，我的業師沈剛伯先生突然病逝，半年後我回臺北渡假，又送了魯實先先生的喪，一年後，又護送唐君毅先生的靈柩回國安葬。去年上元，一個陰霾的日子，送徐復觀先生回臺北就醫，沒想到他竟一去不返了。〈風雨箋〉、〈一盞孤燈〉、〈花果未飄零〉、〈今年上元〉，是我對他們的悼念和哀思。我很幸運在中國讀書人風格轉變的時代，親近了前輩的風範。他們處世做人，治學各有不同，不論我們贊成與否，但卻不能否認他們各有自己獨特的格調。這種獨特的格調正是我們這一代缺少的。也許在工商業社會製造的讀書人，像工廠出產的成品，品質都是一樣的。但讀書人缺少了自己獨特的格調，我真不知道還能剩下些什麼，也許再過多少年後，有人想了解我們這一代的讀書人，隨便選一個作抽樣分析，就可以以一概全了。的確是我們這一代的悲哀。

我是一個卑微的人。一個卑微的人祇有生活在今天的義務，是沒有資格回憶過去的權利，因為回憶錄都是大人先生寫的。但是我也回憶了，但卻不是有光榮的過去，而是由副刊主編出題的作文，正像小時讀中學每年暑假回來，寫「光陰如箭，日月如梭」的暑假回憶一樣。〈一幕沒有演完的戲〉、〈趕考〉、〈雨淋風淒書作枕〉，是三個報紙副刊三個不同專欄裡的文章。〈初來的時候〉和〈又來的時候〉，是我大學畢業和後來回學校教書的一些感嘆，現在看起來也稱回憶了。

這本集子稱之為《劍梅筆談》。是為了紀念我過世的爹娘，在《中國時報》《人間》副刊寫的一個專欄，集裡的文章大多都是在這個欄裡發表的，〈一篇父親的遺稿〉是這個專欄的頭一篇，為了說明緣起而選了這一篇。為了紀念母親，同時又選了〈山城〉。

小時候隨家四處飄浮，常常生活在一個陌生的地方，沒有玩伴，時常一個人坐在臺階上，或躺在草場上看天，看藍天裡飄過的白雲，尤其歡喜在秋天晴朗的日子裡，躺在收成後的田埂上，田野裡飄散著枯根和野草燒焦的氣息。天高高的，高高的藍天裡卻襯著幾朵輕柔似絮的白雲，在風裡蕩著，那麼閒散，那麼飄逸。暖暖的陽光照撫在我身上，我的四肢也隨著懶散地舒展開來。長大後我就成了一個懶散的人，即使在最嚴肅的軍營裡也沒有將我改變，這些年來，心裡一直嚮往著天空裡那片閒雲。但有時被一些無形的壓力束縛著，一時也無法舒展開來。這幾年我似是閒雲，又不是閒雲，因此才有這本集子裡的「滿紙荒唐言」。

（本文為拙作《劍梅筆談》的序）

過客情懷

去年，一九九七的春節，在香港過的。前後在香港過了不少的年，數這次最冷清孤寂。吃罷年夜飯，妻在收拾桌子，我說出去走走，就拎著傘出門了。

這次來港，借棲新亞書院會友樓的客舍。新亞書院在沙田馬料水的山上，會友樓在新亞書院的最高處，面向吐露港。吐露港是個寧靜的內海灣，即有風雨，也興不起多大的波濤，清晨初昇的旭日，將海面點染成一汪金黃，入夜綠熒熒的漁火，伴著一天的繁星。這景色我是熟悉的，我就在山下傍海的宿舍，居停過五六年。客舍一房一廳，整理得窗明几淨，廚灶俱全，非常方便。客舍原為過往著名學人準備的，如今天寒地凍，著名學者很少出外行走。我是新亞的舊人，剩這個空檔，租了一個月，準備在此過寒假。

對於新亞書院，我有難以割捨的情份，前後在香港二十年，先是在新亞研究所過了五年青燈黃卷的日子，後來又在新亞書院教了十五年的書。雖然前後兩次來港，都有些偶然，卻皆緣錢賓四先生在顛沛流離中創辦的新亞書院。

錄取新亞研究所，在臺灣幾經波折，最後終得成行。當年倉皇渡臺，漸漸安定下來，有一個喘息的機會，生活雖清苦，日子過得倒平淡。而且生活的目標與目的，上面已交代得非常明白與堅決，我們祇要像磨道裡的驢，默默行走就行了。但到了香港，才發現同樣蔚藍的天空裡，還飄揚著另一面旗幟，而且不時也聽到另一種喊萬歲的聲音。因此，就不得不想想這是個啥年頭了。是的，我們生活在一個似是平靜，卻是個動盪的年頭。不過，後來發現香港對這種動盪，卻以另一種形式表現。兩岸高樓上巨幅廣告霓虹燈的光芒，倒映在海峽起伏的波濤裡，將這海峽點綴得多彩多姿。各種不同顏色的光芒，從海峽兩岸不同角落照射過來，起初落在海水擊拍的岸邊，色彩是非常鮮明的。然後，沉浮在波濤裡，匯集成不同色彩的光柱，從不同的兩岸向海峽深處延伸，色彩也隨著轉弱。最後，在海峽中間難以渡越的黑暗處，摻雜在一起，使人再難辨識是什麼顏色。祇有往來海峽兩岸的渡輪，載著一個浮動的光圈，在那裡緩緩移動著。

也許這就是當年我認識的香港，是歷史也是現實的。因為不東不西，既東又西的香港，沒有自己獨特的文化，卻一直扮演著文化驛站的角色。每逢中國大陸動盪之際，就有一批知識份子北雁南飛，來此暫避風雨。但等不及風雨停歇，就準備展翼歸巢了，再不回首。他們走了，了無紅豆南國的相思與依戀，因為他們祇是過客。但這種情形在一九四九年以後完全不同了。中國大陸發生翻天覆地的改變，斬斷了南來知識份子的歸途，使他們有家難奔，有國難投，因而興起花果飄零的嘆喟。花果飄零，悲愴又淒涼。如今歸程既斷，歸期更難卜，何妨蓬萊小住，於是又有了落地生根的吶喊。不過，落地生根，祇是苟全於亂世而已，也是非常無奈的。我就是在當口來香港的。

最初到香港，也無法確定自己是過客還是異鄉人。過客和異鄉人是不同的，過客祇是在此暫歇腳，然後還有茫茫的天涯路。異鄉人祇有飄泊，似池中無根浮萍的飄泊。最初幾年的生活，確有幾分異鄉人飄泊的蕭瑟。因為人地生疏無處去，也無處可去。祇有日夜窩在研究室，當時的研究室在大廈的五樓，我成為五樓孤獨的守護者。常常在黃昏時分，兀坐街旁的椅子上，低頭點數著路人匆忙歸家的腳步，任暮色在身旁升起。即使在除夕的夜裡，聽著滿城的爆竹，孤燈獨坐，翻書到天明，真的是「今夜不眠非守歲，祇恐有夢到鄉關」了。

離開十一年後，從無謂的喧囂中拔出泥足，那幾年自己似乎已陷身江湖，四下奔波、風塵僕僕、美其名曰天下己任。但這句話不知迷惑了古今多少書生，祇為了那個鏡花水月的浮名，逗得多少人在那裡喋喋不休，累得多少人盡折腰。當時，我自己也迷失其中。不過，我還想再尋回失去的寧靜，於是便去請教我的業師沈剛伯先生。雖然當時剛伯先生談的是現代的世變，但彷彿澗水流過山間，將我帶進另一個寧靜的境界。望著他聳立的白髮，和深度鏡片後的恬靜眼神。突然，我想起他常說的「量才適性」來。他坐在那裡像座靜穆的山，看著他，我有難言的激動。最後終於吶吶說出，我想離開。他聽了，望著自己手中的酒杯想了一陣，然後，淡淡說了句：「也好。」於是，我再去香江。

香港，石林矗立，紅塵滾滾，真不該是個為往聖繼絕學的地方。不過這次重臨，為的是寄跡於市井之中，自逐於紛紜之外，原不為讀書。記得多年前寫過一篇〈何處是桃源〉，那是因為陳寅恪先生的〈「桃花源記」旁證〉，將陶淵明的桃花源固定在弘農或上洛間，我的老師勞榦先生曾去過那裡，認為那裡一片黃土，既無桃花，更無幽竹可看，很想往南移一移。有事弟子服其勞，於是我經過考證，將武陵人居住的桃花源，南移到當時的淮泗邊荒地帶。那裡不僅有桃花幽竹可看，而且居住在邊荒的荒人，不屬於南北政權，是可以不知有漢，遑論魏晉的。

不過，我在這篇文章最後卻說，我們似乎不該將桃花源固定在某一個地方。這樣可以留給生活在亂世，又無山林可遁的人，一個遙望青山，仰觀白雲遐思的機會。是的，中國知識份子胸中，都隱藏著一個桃花源，自有青山白雲，何必又另覓山林呢。祇是沒有及早發現，才落得熙熙攘攘，惶惶慌慌。也許陳寅恪先生就沒有參透，才愁苦終生。再來香江，我的研究室在山上，窗外就是吐露港，有青山有綠水，在晴朗的日子裡，藍天浮著幾堆白雲，的確是一個可使人進入漁樵閒話的地方。祇是上次離開香江時，中國大陸一場歷史風暴將起，山雨欲來風滿樓，這次重臨，風雨乍歇。山腳下濱海的地方有條鐵路，隔不多久，就有列火車駛過。往來的火車載來許多過去想知卻無法知道的訊息。我所關心的還是中國讀書人的訊息，因為中國讀書人除了歡喜多說自以為是的話外，實在犯不了什麼大過。他們不該受這麼大的折磨、污辱和損害的。但事實他們不僅遭受了，而且是史無前例的。

聽罷他們的吶喊和呻吟，我按捺不住又重入江湖，創辦了名曰《中國人》的雜誌。寫了〈中國，中國人的中國！〉的發刊詞，其中有「一個今天的中國人，即使是一個最普通的中國人，雖然微不足道，但卻都是由數千年文化孕育而成，不是任何外在力量所能改變的。因此，個人的尊嚴，自由的生活方式，獨立的思考與判斷，是我們最基本的權利，是不容被忽視，被剝奪的。」徐復觀先生特別歡喜，認為落地有聲，一再囑咐，將來結集時，一定收入。不過，這個雜誌我祇編了十期，就和那個不爭氣的合夥人，翻了。於是，我拂袖，再也不管他的閒事了。

是的，再也不管他的閒事了，此後了無牽掛，倒落得個清閒。閒來無事，常兩肩擔一口，港九通街走，漸漸地了解這個城市，並且歡喜上這個城市。走在繁華熱鬧的街上，擠在匆忙的人群裡漫步，沒有人問我來自何方，姓氏名誰，我是這個城市熟悉的陌生人，一個真正快樂的過客。回得家來將門關起，擁有自己獨立的天地，四壁雜書殘卷環繞、上下古今馳騁，窗外青山隱隱、碧波粼粼，我心中隱藏的那個桃花源也浮現了。所以，我有很多獨自思考與反省的時間，並且也獲得某些自我的肯定，成了個真正散旦的人，悠閒自在。最後，我還是回來了。因為這裡是我的故園。但我已習得風雨裡的沉靜，不再在意風雨的喧嘩，任其一夜空階滴到明。的確，這個城市使我真正體驗了喧囂裡的寧靜。所以，每年總抽空來此，住上幾天，無他，閒散而已。

我拎傘出門，門外大雨滂沱。我撐傘在雨中行走，路旁的幾盞霧燈，被緊密的雨絲纏繞著，祗剩圈圈的暈黃。隔著雨簾下望，山腳下是我居停多年的宿舍。佇立在朦朧的雨霧裡，隱隱透著幾窗燈火，也許那燈火正在點燃團圓的歡樂。

宿舍大廈的下面是條深圳來的鐵路，有輛載著沉重鄉心的火車，急駛而過。鐵路外是環繞海灣的高速公路，往日車輛在那排連綿的路燈下，匆忙地穿梭往來。現在冷清了，祗留下一串微弱的黃色路燈光芒，明滅在雨霧裡，伴著偶爾傳來聲歸家的急促剎車聲響。公路外的海上更是蒼蒼茫茫，這景色原來都是熟悉的，如今在雨中卻變得模糊不清了。

轉過灣，就是我過去的研究室了。研究室在二樓，我曾在這研究室的窗前，兀坐多年，已看慣窗外的綠水青山，陰晴圓缺。看著窗前那棵相思樹的細苗，漸漸長成一窗濃蔭。於是，我走了過去撫摸沉默的樹幹，雨注順著樹幹淌下，落在我的手上涼涼的。最後，我走到新亞廣場，停在廣場中央，山風攜著驟雨四下聚來，我獨自站在除夕的風雨中，突然想起一位朋友的詩句，我是過客，不是歸人。

（本文為拙作《窗外有棵相思》的序）

走過舊時的蹊徑

我是個不積極又不果斷的人。生活散漫離亂，得過且過。自己這些年的研究，亦復如此。其實也說不上什麼研究，祇是課餘之暇，獨坐書房，閉門造車，東拼西拼，了無章法可言。

至於如何選擇歷史這個營生，說來也很偶然。祇緣高中畢業那年，終於留級，但功課未見起色，祇有歷史科較出色，但也不過七十來分，其他各科可想而知。不過，我想讀的是新聞，那時臺灣還沒有新聞系。心想沒有新聞，不如讀舊聞。因為昨天的新聞，就是今天的歷史。但不論新與舊都是一樣，我都是妄想，肯定考不取，祇藉此臺北一遊。但卻意外僥倖考上了，真是意外的意外。

當年臺大歷史系，在傅斯年先生的調理下，是臺灣大學的第一系。名師如雲，南北混同。

但我卻漫步椰林大道，不知歷史為何物，於國計民生何補。不過，後來問題終於來了，因為畢業時要寫篇論文。論文是什麼？怎麼寫？我完全不知道。但不論怎麼說，總得先選個題目。雖然，當年勞榦先生沒有開魏晉南北朝史，但我們班上包括何啟民、孫同勛、金發根和我，卻都選了這個範圍。後來大家都沒脫離歷史研究和教學的範圍。所以，我們可說是臺灣培植的第一代魏晉南北朝的歷史工作者。

我的題目是〈北魏與西域的關係〉，至於為什麼會選擇這個題目，現在已經記不得了，也許是因為「勸君更盡一杯酒，西出陽關無故人」吧。關於陽關，四年級時勞先生開了一門「魏晉南北朝史專題」，講的就是陽關，一年的時間徘徊大小方盤城之間。不過，這門課選到最後祇有我一個人，還有兩三個旁聽的，使我那一年再也無法逃課。不過，這個問題對我的論文有些幫助，我的論文大概寫的還算不錯，勞先生給了九十六分。畢業後報考研究所，勞先生為我寫推薦信，說我對白鳥、羽田、箭內的著作，有深入的研究，可繼黃文弼樓蘭未竟之業，期許頗高。其實我當時對這些日本學者的著作，略有接觸，但卻不盡了解。而且對於「西征樓蘭」，那是條茫茫的天涯路，實非我能力所及。而且班上同學中高手不少，衡量再三，我拿了推薦信，卻沒有報考。

不過，「西域」，對我以後申請香港新亞研究所，有很大的幫助。我申請新亞研究所，也是非常偶然的。那是退役之後，在歷史博物館研究組工作，負責的業務是國際交換，因和單位主管相處不洽，遞了個「請辭，乞准」四字的呈文，就下鄉教書，開當鋪去了。在鄉下一年，教書尚可，當鋪卻開垮了，又回臺北在個書店當門市。那時我剛結婚，居於陋巷違建之中，生活非常艱苦。一天看到報上一則廣告，香港新亞研究所在臺招生。我妻見我整日沉湎「一劍光寒十四州」中，並非長策，總該混個功名，遠了去不起，這裡倒合適。所以，勸我報考，但我興趣缺缺。倒是我的朋友萬家茂非常熱心。那時他正讀臺大醫學院生理研究所，做完實驗，就來窩居，兩人各據一椅，追讀金庸的《萍蹤俠影錄》，即《射雕》。他為我到學校申請成績單，為研究計畫找打字行，並且在申請截止前一天晚上，陪我到郵政總局投遞。

申請研究所，研究計畫是必須的。但我卻不知怎麼寫，用些什麼參考書。好在自己在書店門市工作，架上還有幾本通俗可用的書。於是，就以自己的論文為基礎，再以讀過一些湯恩比文化的挑戰與回應模糊的概念貫穿，寫成〈西域．文明的驛站〉的研究計畫。認為西域環繞沙漠的綠洲地理環境，沒有形成自己的文化體系，早期處於農業與草原文化之間，隨雙方的政治勢力而沉浮。其後介於東西文化交匯之處，由於本身無獨特的文化基礎，因此，東西文明傳遞至此，皆能保持其原有文化的風貌，以待另一種文化的吸取。西域居於其間，緩和了兩種文化接觸與挑戰的衝擊力。計畫寄去四五個月，如石沉大海，我早已忘記這件事。

一日突然接到通知錄取了。後來知道這次招生衹有一個名額，是亞洲基金會給的。包括臺灣、日本、東南亞各地十九人申請，我竟又僥倖錄取了。據說當時校外委員羅香林先生非常欣賞這個研究計畫。

進了新亞研究所，拜在牟潤孫先生門下。不過，這個研究計畫衹是進階之用，如要再進一步探討，就非能力所及了。那麼，從何處切入，頗費思量。後來想到初入臺大歷史系時，因魯實先先生之囑，讀了一部黃善夫刊本的《史記》，接著又讀了半部《漢書》。於是便從《史記》所載高祖「平城之圍」入手，討論漢匈的和戰關係。寫成了一篇七八千字的稿子，注了三四萬字。這篇稿子是自習之作，目的在學習材料的運用與掌握，從來不敢示人。不過，後來研究所月會報告〈試釋論漢匈間之甌脫〉以及對長城問題的探討，和現在寫司馬遷《史記》關於對漢匈問題的解釋，都建立在這個基礎上。

所謂研究所月會，由錢穆先生親自主持。每次由研究所助理研究員與學生各一，提出報告。然後由各導師提出評論，最後錢穆先生作總結，氣氛頗為肅穆。輪到我報告，提出的報告是〈試釋論漢匈間之甌脫〉，文章以文言寫成，兩週前已分送諸導師與同學。不過，想想有所不妥。因為和錢先生的《國史大綱》有相左之處。錢先生對甌脫的解釋，取其原始義，即韋昭所謂「界上守屯處」，與顏師古注《漢書．匈奴傳》所云：「境上候望之處」。我則取丁

謙《漢書匈奴傳地理考證》的引申義，即「甌脫，閒地也。」擴大為「農業與草原民族間的緩衝地」。因此，我請示師父牟潤孫先生，是否要刪去與錢先生牴觸之處。牟先生說錢先生不一定會記得。但錢先生不僅記得，而且記得很清楚，並且很堅持。對我作了非常嚴厲的批判。最後還是鄭騫先生以辛棄疾的一句詞：「甌脫縱橫」，為我解圍。

這次月會從下午兩點到晚上六點多，是新亞研究所月會空前絕後的一次。老夫子真的生氣了。以後在新亞研究所的幾年，我不敢再見錢先生。直到他定居外雙溪素書樓，才再親近錢先生，多所請益。月會的第二天，一位沒有參加月會的學長，走進我研究室，他光光的腦門上冒著汗珠，瞪著眼，怒沖沖地指著我說，我不該冒犯錢先生。他說昨天他沒有來，如果來了，我早就躺下了！我說：「甌脫，祇是偶爾一脫，昨天已經被脫得光光，以後在新亞一天，決不再脫。離開新亞，我一定還脫。」的確，後來以長城為基線，討論中國歷史文化的變遷，以及拓跋氏從平城到洛陽文化轉變的歷程，就是以甌脫為基點出發的。

漢匈間的甌脫是兩國之間的緩衝地，即長城之外農業與草原的過渡地帶。這個地區既不屬於漢，也不服於匈奴，而徘徊二者之間。若這個地區的均衡可以維持，雙方可以和平相處，若均勢打破則衝突即起。可以藉此對這個地區爭奪與控制，測知漢匈勢力的消長。漢匈衝突兩國關係雖斷絕，草原與農業文化仍涓涓滲透，相互交流，就是甌脫居中的媒介作用。後來，漢控制這個地區，築城屯田，將農業文化移植塞外，匈奴來歸即同樣居住這個地區，胡漢雜處，促使草原文化的轉變。其文化轉變的過程，初則與漢人混居雜處，互相往來，逐漸放棄牧畜，而定居農耕，形成半農半牧的社會形態，等待機會翻長城進入中國。永嘉風暴後，五胡十六國在黃河流域建立統治政權，可說是農業文化在塞外互動發展的結果，並非異族入侵中原。

後來我討論北魏拓跋氏文化的轉變，即以這個論點出發。不過，我對拓跋氏文化轉變的探討，也是幾經周折的。最初因討論漢匈的和戰問題，讀了勞榦先生的《居延漢簡考釋》。因此，想以河西四郡的設立，探討農業文化向長城以外的拓殖，並以此向哈佛燕京社申請研究計畫。計畫沒有批准，但卻附了一封信，說我的研究計畫和用的材料，及預期獲得的結論與他們最近一篇博士論文相似。並附了論文作者的姓名及工作地址，以便聯絡。我細讀之下，發現論文作者竟是張春樹。張春樹是高我一班的學長，對秦漢史的造詣非常深厚。於是，我寫了封信給他，說不知是否他，如果真的是他，分別七年，海角天涯，沒有想到在此相遇，真是人生何處不相逢。不久，春樹來信說，論文是他寫的，並且說當前所有漢簡資料，他搜集齊全，這個問題已無發展的空間。既然不能下河西，我祇有向下滑行，回到最初起步的地方魏晉去。

回到魏晉，當時的新亞研究所有錢賓四、牟潤孫、嚴耕望諸先生都是治魏晉史的大家，的確是一個研究魏晉南北朝史的好環境。於是先定下研究範圍，從永嘉風暴邊疆民族在長城內的遷徙，到北魏孝文帝遷都華化，草原文化與農業文化間相互的激盪與調整。但當我材料搜集妥當，準備撰寫論文的時候，接到我同班同學金發根寄來的一本書，他的碩士論文《永嘉之亂後北方的豪族》已經出版。所引用的材料與結論，與我準備寫的前半部分相似，於是我祇得放棄這一部分。集中討論拓跋氏漢化的問題，就在這個時候孫同勛的新書《拓跋氏的漢化》又寄到了。孫同勛的論文非常縝密。因此，關於這個問題也無法再做了。

這的確是一個非常棘手的問題。材料已經搜集妥當，論文不能不寫，但更換題目另起爐灶，時間已不允許。因此，如何從這些材料裡另謀出路，就頗費思量了。於是繞室而行，數日不得安眠，最後終於想出一個不是辦法的辦法，那就是從這些材料中，尋覓漢化中胡化的殘餘。因為即使那些進入長城的邊疆民族，最後放棄自己享有的文化傳統，完全融合於漢文化之中，其歷程往往是非常轉折與艱辛的。因為文化的接觸與融合非常複雜。往往在接觸與融合的過程中，一旦遭遇挫折與阻礙，必須經過不斷地再學習，再適應，再調整之後才能完成。而且不論融合或被融合的雙方，都必須付出很高的代價。甚至被融合的民族，放棄自己的文化傳統，但仍然有某些文化的因子，無法完全被融合而被殘留下來。這些被殘留的文化因子，往往在被吸收後，經過轉變成為一種新的文化成分，不僅增富了漢文化的內容，也增強了漢化的活動力量。

中國歷史自魏晉以後，由於邊疆民族不斷湧入長城，結束了漢民族在長城之內單獨活動的時期。漢民族不斷和不同的邊疆民族融合，使漢文化增添更多的新內容。在永嘉風暴中，拓跋氏部族是最後進入長城的邊疆民族，不僅收拾了黃河流域的歷史殘局，並且總結了秦漢以來，滲入長城的其他邊疆民族，作了一次融合。然後再以此為基礎，和民族作徹底的融合。經過這次融合之後，新的血輪注入漢民族之中，新的文化因子也開始在漢文化中孕育。後來這些新的血輪與新的文化因子，又轉變成支持隋唐帝國建國的基礎。關於這個問題，我先從〈拓跋氏與中原士族的婚姻關係〉開始。因為我去香港之時，魯實先先生希望我能繼承王昶《金石萃編》之業。因此曾仔細地讀了趙萬里的《漢魏南北朝墓誌集釋》，所以，應用《集釋》所錄集若干北魏宗室墓誌的碑文，所載的姻婭關係討論這個問題，這是前人所沒有做過的工作。但將這些資料綴集後，可以發現孝文帝如何利用政治力量，斬斷中原士族社會的婚姻關係的鎖鏈，使北方貴族和中原士族通婚，徹底消除草原與農業文化殘餘的矛盾，使其政權得以持續。所謂窮則變變則通，我在山窮水盡已無路之時，經此一變為自己拓展了另一個境地，後來我的《從平城到洛陽——拓跋氏文化轉變的歷程》中的一系列論文就是這樣寫出來的。

至於我對中國長城文化的探索，那是因為一個日本人上了長城。當年中國人民為了抵抗日本侵略者進入長城，而灑鮮血拋頭顱，現在這個日本人竟大搖大擺登上長城，並大放厥辭。這個日本人就是日本首相田中角榮。因此，我憤怒，於是開始關心那條橫臥在西北邊疆的沉默巨龍。中華民族是個農業民族。築城不僅是農業民族特殊的技巧，也是農業文化發展必經的階段。因此，我以城的形成與發展，將中國歷史文化的發展與演變分成築城、衛城、拆城三個階段，也可以說是我個人對中國歷史分期的看法。所謂築城，從新石器後晚期，農業民族從建築一個小城開始，到秦帝國建立，將西北邊疆許多城連綴起來，築成一座人類歷史上空前絕後的大城，這座城就是萬里長城。過去討論長城過分突出防胡的消極意義，但最初長城的建立，並不是消極的防衛，而是農業民族向西北拓展的極限。所以長城所表現的意義是多方面的，不僅是一條國防線，同時也是地理的分水嶺，更是分劃農業與草原文化的疆界。最初長城的築構沒有受任何外力的影響，而是農業文化自我發展，自我凝聚，經過長時間累積而成的。然後，長城和中國的歷史、文化融而為一，成為中華民族永恆的象徵。

至於衛城時代，從漢高祖的平城之圍開始。「平城之圍」是成熟的農業文化與草原文化的主力空前遭遇，不幸農業民族失敗了，而且敗得很慘。農業民族不得不將邊疆後撤長城。於是長城不僅是一條文化的分劃界，同時也變成了一條主要的國防線。中國歷史的發展隨著進入了「衛城」的時代。以後千餘年的歷史，至少在中國近代以前，中國歷史都是農業與草原民族，以長城為基線互相衝突與調和的歷史。至於「拆城」，因為近代以後侵略中國的夷狄，不再是從西北騎馬翻越長城而來，而是帶著堅甲利兵從東南海上乘船來的。於是中國面臨著三千年來的一大變局，開始用夷變夏師夷之長技。所謂師夷之長技也就是現代化。中國近代與現代為適應現代化，將長城環抱的許多小的城池拆除。於是中國的歷史發展進入了拆城的時代，在拆城的過程，往往進退失據，中國近代的許多悲劇，便種因於此。

從最初漢匈間的「甌脫」，最後擴展到中國文化疆界的長城，其中經歷了許多的轉折，但並沒有因外在環境改變我的初衷，漸漸形成對歷史考察的自我體系。至於後來再轉向魏晉史學的領域。也和我這個歷史考察體系有關。因為我認為當長城邊界受外力的影響，被迫消逝的時候，是中國政治社會動盪紛亂的時代。也是中國文化自我反省後開始蛻變時期，同時也是中國史學的黃金時代。中國文化形成迄今，曾經歷三次文化的蛻變，一在魏晉、一在兩宋、一在近現代。這三個時代同時也是中國史學的黃金時代。因為史學必須在政治權威干預減少，而且文化理想又超越政治權威之時，才有蓬勃發展的生機。魏晉正是中國史學發展的第一個黃金時代。

不過，我由魏晉的歷史轉向魏晉史學的探索，也是非常偶然的。那年從香港回來渡暑假，閒著沒事。我的同學孫同勛急著赴美留學，他教一個洋人的《三國志》，一時找不到替手，臨時拉上我。不過，那個洋人讀《三國志》，衹是從尋找曹操為什麼不做皇帝的資料，寫他的畢業論文，當時中國大陸為曹操翻案不久，他跟上了這股風。因此，我們意見常相左，而且我覺得為他人作嫁是非常無聊的事。於是晚上備課之餘，順便統計裴松之注所引的魏晉材料。後來回香港翻查資料，發現清代學者錢大昕、錢大昭兄弟、趙翼、沈家本都有裴注引書目之作。而且《三國志》與裴注在乾嘉之際是顯學。趙一清、林國贊也有裴注的專著。不過他們都集中於裴松之保存魏晉史料之功，卻很少論及裴注本身的性質和價值，以及其對後來史學的影響。當時我還有其他工作要做。暇餘之時就梳理裴注。然後發現裴松之注《三國志》，不僅補陳壽之闕，同時更對魏晉史學作了總結的討論與批評。劉知幾的史學批評，或即出於裴松之。後來報考臺大歷史系博士班，就以這個無心插柳的成果，寫成〈裴松之《三國志注》研究〉的研究計畫提出申請。那已是三十年前的舊事了。

報考臺大博士班，是我回臺灣大學任教一年後的事。我回臺大歷史系任教也是很偶然的事。新亞研究所的畢業論文，不知為什麼被校外委員饒宗頤打了剛及格的七十分。不過，包括錢先生在內的研究所諸先生，都認為我的論文寫得頗有見地。因此，留所任助理研究員。當時新亞研究所有個不成文的規定，助理研究員留所五年，必須自謀生路。不過，這個規定對我也有很大幫助，使我三更燈火五更雞，讀了不少雜書。所謂雜書，就是自己研究範圍以外的書，以備將來謀職所需。有段很長的時間就睡在研究室裡，冬天一床廉價的尼龍被裹身，就地而臥，如街旁的流浪漢，其中艱辛是很難言講的。後來我又返臺渡假，開學仍繫留未歸。臺大歷史系的一位先生得了病，系主任許倬雲臨時找我代開他的「中國近代史」，時間衹有一個多月，但反應卻非常熱烈，也許因此結下第二年回歷史系任教的因緣。以我在學成績之差，又和諸位老先生素無淵源，且不是本系研究所畢業，能回母校教書，已是意外的意外。更意外是回來的第二年歷史系為了培養師資，設立博士班。系裡的講師大部分報考，我也跟著湊熱鬧報了名。但後來前思後想，如果考不上，連好不容易得來的飯碗也砸了，實在不划算。妻在旁笑言：「常是祇報名，不考試。」於是，我又開始準備考試，沒想到竟又僥倖錄取了，而且祇錄取我一人。

系裡的老先生對設立博士班的態度是非常嚴謹的。雖然祇錄取我一個人，卻針對我研究的範圍，設計了一系列的課程，包括李宗侗先生的「中國史學史專題」，姚從吾先生的「史學方法專題」，夏德儀先生的「史部要籍專題」，楊雲萍先生的「日本史學名著專題」。我的論文由沈剛伯、李宗侗、姚從吾三位先生共同指導，似乎有意將我培養成一個中國史學史的專業人才。我想我該是非常幸運的。在大學時沒有機會，同時也不敢和這些先生接近，現在他們竟專為我單對單的開課，我有更多的機會和時間親近他們。尤其後來剛伯先生擺脫了二十五年文學院院長的俗務以後，我有更多時間向他請益。並且旁聽他的「中國上古史學專題」、「魏晉史學專題」。雖然我的論文由三位先生共同指導，後來我到日本搜集論文資料期間，從吾先生遽歸道山。從日本回來，玄伯先生又臥病在床。所以，有問題就向剛伯先生請示。剛伯先生對我不僅是學術知識的傳授，並且有更多做人處世的啟迪。這些年來我一直以他的「量才適性」作為座右銘，才使我得以不陷身塵網，而自致於紛紜之外。今年是剛伯先生百齡，也是逝世二十週年，又是歷史系博士班成立三十週年，我竭力舉辦了一個紀念學術研討會，聊表對剛伯先生的感念。

學科考試及格後，有一年出國搜集材料與撰寫論文的機會。我選擇去日本，到京都人文研究所的平岡武夫先生研究室掛單。我所以作這個選擇，因為平岡先生曾在北京大學顧頡剛門下讀過書，並且寫了一本《中國經學史》。因為當時我認為魏晉時期的經注與新興的史注不同。經注透過訓詁或音義明其義理，史注則是詳其事實。但裴松之的《三國志注》的形式，又與當時新興的史注不同，其淵源或與漢晉間經注的轉變有關，尤其是杜預的《左傳集解》。可能平岡先生可以幫助我解決這個問題。但這時平岡先生的研究已轉向白居易。中國經學對他已經是非常遙遠的名詞。所以，一次在平岡先生研究室，遇見當時日本漢學研究的活國寶吉川幸次郎，他聽了我的研究情況，就說：「你的研究，我們無法幫助」，我隨即回答：「我知道，我原本也沒有打算你們幫助！」的確，我的想法已經改變，如果將裴注和經學糾纏在一起，是非常麻煩的事，首先必須轉向經學研究。不過，一旦陷於經學就難以自拔了。所以，以後在京都的一段日子，除了整理過去搜集的材料，並且翻閱幾套人文研究所所藏的明清刊本的《三國志》。餘下的時間就去逛廟。

從日本回來，向剛伯先生報告，我所遭遇的問題，除了裴注和經學的問題外，還有一個問題；裴松之在一年之內，完成這部龐雜的著作，可能如溫公修《通鑑》，由一批助手協助下完成的。這兩個問題，都不是一時可以解決的。所以，我決定改換題目。剛伯先生沉默了一會，然後問道：「還剩半年時間，來得及嗎？」我說來得及。於是，我就從裴松之研究轉向魏晉史學的探討。雖然，我暫時放下裴松之，但這兩個問題始終在心裡盤旋著。關於裴松之助手的問題，二十年後在《勞貞一先生八十壽頌集》，寫了篇《《三國志注》與裴松之《三國志》自注》，討論這個問題。關於裴松之注的淵源問題，這幾年我集中研究司馬遷與漢武帝時代的問題，在討論《史記》「太史公曰」與史傳論贊關係時，突然發現裴松之自注出於司馬遷的「太史公曰」，真是踏破鐵鞋無覓處，得來全不費工夫。這個偶然的發現，著實使我高興了好幾天。不久前，為祝鄧廣銘先生九十壽辰，寫成〈司馬光《通鑑考異》與裴松之《三國志

注》，裴氏自注源於司馬遷的「太史公曰」，司馬光的《通鑑考異》則受裴氏自注的影響，前後是有跡可尋的。

我的論文轉為魏晉史學領域，並向剛伯先生保證在半年之內完成。因為我心裡已經有了個譜。在我統計裴松之引書資料時，發現裴松之所引用的魏晉史學著作中，其中有許多是《隋書．經籍志》所沒有著錄的，尤其是別傳。這種別於正史列傳的個人傳記，出現於東漢末期，盛行於兩晉。裴松之《三國志注》引用了眾多的別傳。別傳在《隋書．經籍志》史部分類中，納入雜傳一類，雜傳包括了別傳、類傳、家傳、地域性人物傳記，以及超越現實世界的志異小說。劉知幾將這類著作稱為「雜述」，是魏晉時期新興的史學寫作形式，正反映了魏晉史學特殊的時代性格。因為一個時代的史學，生存在一個時代之中，和這個時代發生交互的影響。所以透過一個時代的政治、社會、經濟與文化的變遷，可以了解這個時代的史學的演變與發展，同時從一個時代的史學發展情況，也可以了解這個時代實際的歷史面貌。因此，我準備以魏晉時期的社會與思想變遷為基礎，探討這批在正統史學以外的新興史學著作，形成的背景及特殊的性格。關於這個問題我已作了許多準備工作，因為在統計裴松之引用魏晉史學資料時，已經透過《隋書．經籍志》，兩《唐書》〈藝文〉、〈經籍〉志，以及唐宋類書《北堂書鈔》、《太平御覽》、《藝文類聚》、《世說》與《文選》注，並輔以章宗元、姚振宗《隋書經籍志考證》，對這一部分史學著作作了集釋。所以，對這部分資料可以完全掌握；另一方面，過去一段很長的時期研究的範圍是魏晉，回到臺北後，又分別在臺大、輔仁歷史系講授「魏晉南北朝史」，這是我對剛伯先生說換了題目，在半年內可以完成論文的原因。

轉換題目既定，開始整理行裝，準備到香港去撰寫論文。香港紅塵滾滾，並不適合研究工作，但對我來說卻不同。因為在新亞研究所圖書館進出五六年，架上的圖書非常熟悉，我所需要的材料又非武林秘笈，舉手可取，非常方便。而且牟潤孫、嚴耕望先生就近可以請教。當時牟先生任中文大學歷史系講座，已無暇和我討論。不過嚴耕望先生對我卻啟迪良多，這是我決定到香港撰寫論文的原因。於是，我又去了香港，在尖沙咀的重慶大廈的高層，租了一間房子安頓下來。這是半島最繁華的地區，人車喧雜，尤其白天，地基打樁的震撼，電鑽穿破柏油路的尖嘶，使人窒息，無法著筆寫一個字。祇有到研究所翻閱資料，工作的時間改在晚上，從華燈初上時分開始，一直工作到第二天破曉，然後和衣蒙被而臥。這樣連續工作了三個月，終將論文趕成。其間，大廈失火，列為危樓，無水無電，我必須依賴燭火維持工作。檯上幾支燭火不停躍動，燭涕隨著躍動的燭火淌下來，點點滴滴在檯子上凝住了。我在燭火下奮筆疾書，稿成之日，最後寫下：「斗室一燭熒熒，與窗外五彩繽紛霓虹燈相映，觀案頭積稿盈尺，寫的竟是魏晉衰世，撫昔思今，感慨世事如棋，不覺百感交集，泫

然欲涕……」。

〈魏晉史學的特色——以雜傳為範圍所作的分析〉的論文，終於寫成了。經過學校，教育部兩次考試，塵土功名也取得了。但論文寫得匆匆草草，自己並不滿意。置於篋中，不願再看一眼。論文寫成六年後，牟潤孫、嚴耕望先生自中大歷史系退休，我去接替他們留下的一部分課程，於是帶了一本論文再去香江。準備拔足於風塵之中，自逐於紛紜之外後，對這篇論文進行徹底改寫。但適逢文革風暴乍歇，過去在香港，我曾關注中國大陸史學，也是最早將中國大陸史學作為研究對象的人。後來因返臺資料搜集不易，且事關涉敏感，暫輟，現在許多資料再現，於是我又開始重理舊業，反而將準備改寫論文的工作擱下了。但擱下並不是放棄，祇是中間斷續改寫。寫的過程中發現許多的觀點已和過去不同，而且也比較成熟，對兩漢至隋唐間，史學脫離經學而獨立的過程，獲得一個較接近的解釋。關於這一部分較嚴肅的學術的論文，將另集為一編，名為〈裴松之與魏晉史學的思想與社會基礎〉，納入《糊塗齋史學論稿》之中。

從一個歷史的學徒開始，在史學領域裡拾荒已經四十年了。因為起初沒有辛勤耕耘自己的土地，並播下種子。所以，現在也不祈求獲得豐收。不過，走過舊時蹊徑，驀然回首，過去走過的路上，卻也留下些新的足跡。這些新的足跡，都是在前人收割過的土地裡，撿拾剩餘的穗粒留下的。現在將這些穗粒貫穿起來，發現其中卻有我個人對歷史考察的體系。這個歷史考察體系是長久時間積累，幾經轉折逐漸形成的，雖然也曾作了某些修正，但在修正過程中卻獲得更多的自我肯定。所以，最初基本觀念並沒有改變。作為一個史學工作者，從開始就學習對歷史獨立與尊嚴的堅持。同時也學會對個人獨立思考與判斷的堅持，以及個人尊嚴的維護與自我肯定。這種尊嚴的維護與自我肯定，使我踽踽獨行在史學的道路上，並不孤獨與寂寞。因此在舉世滔滔之中，我並沒有隨波逐流，一如陳寅恪先生所說沒有「曲學阿世」。

現在將這些年在史學領域裡，撿拾穗粒的材料穿串，集為《糊塗齋史學論稿》出版，《魏晉史學及其他》列為論稿的第一冊。將陸續整理準備出版其他各冊。《魏晉史學及其他》不是一本嚴肅的學術著作，祇是我這些年在史學領域裡踟躕些微的痕跡。直到現在，我覺得走上這條路，是非常僥倖的。如果沒有師長的指引，也許我會迷失。如果沒有我妻在旁默默相扶與容忍，也許我無法堅持下去。我還要感謝三民書局、東大圖書的劉振強先生，如果沒有他的概允與相促，《糊塗齋史學論稿》與即將準備編輯的《糊塗齋文稿》是不會出現的。這兩套書現在和將來由編輯部費神企劃，李廣健、陳以愛、陳識仁、蔡瑄瑾諸弟細心校閱，並此致謝。

雖然，走過舊時蹊徑，也會留下新的腳跡。不過能在這條並不平坦的路上，走出一條自己的路來，的確要感謝在路上相遇的許多人。但除了我自己，因為我既懶散又雜亂無章，且糊塗。所以，我知足又感恩！

（本文為拙作《魏晉史學及其他》的序）

原地踏步

終於在付梓前，我將這部書的稿子，從頭到尾仔細看了一遍。並且作了最後的修改，還動用了剪刀剪貼，這是過去所沒有的事。然後，才弄清楚三十年前，我做的是什麼，以後的三十年，又做了些什麼。最後，發現自己竟什麼也沒有做，祇是原地踏步。原地踏步，就是沒有長進的意思。

說來慚愧，這部書的稿子，是以我當年的畢業論文為底本，陸續改寫或重寫結集的，名為《魏晉史學的思想與社會基礎》。至於為什麼選擇這個範圍拾荒，其中的過程與曲折，在我另一本書《魏晉史學及其他》的序〈走過舊時的蹊徑〉，已有表敘。祇是在撰寫論文時，時間過於倉促，其中有許多誤漏和不周延的地方。在取得塵土功名後，總想找一個機會，徹底改寫一次。所以，以後不論環境如何轉變，一直將稿子置於篋中，隨身攜帶，準備隨時開始工作。但一拖再延，始終沒有真正開始。

雖然文章寫作時過於草率，但對於文章的主旨和所提出的理念，卻是我這幾十年教書和研究一直堅持的。就是中國史學雖然和政治有千縷萬緒的牽扯，但如果一個時期的政治權威的控制力量稍減，文化理想又超越政治權威時，史學就趨向多元化的發展，出現一個史學繁榮與黃金的時代。魏晉和我們現在所處的時代一樣，就提供了這樣一個史學發展的環境。

魏晉處於兩漢與隋唐之間，是一個解構與重組的時代。在解構與重組的過程中，許多的矛盾現象也隨著出現。由於政權嬗遞頻仍，邊疆民族與外來思想的滲入，結束了自上古以來，漢民族在長城之內單獨活動的時期。這是一個離亂與動盪的時代，於是孔子《春秋》所提出的危機意識又重現。這種危機意識每遭逢離亂，都會一再重現的。因此，劉知幾所謂古今正史二體之中，繼承《春秋》意識的編年體，在這個時期復興並流行。不過，編年體復興流行之際，卻有更多非儒家價值體系的新史學寫作形式湧現，形成魏晉史學發展的雙重性格。我所探索和討論的，就是這批新萌芽的史學寫作形式。因為這批新的史學寫作形式，更能突顯這個時代的史學性格。

因此，我一直想認真地整理這部著作，闡釋非史學主流外的另一種史學思想。但在準備著手整理時，卻又旁生枝節做了另外的其他的工作，不過我心中卻存著盼望和懸念。所以，每過一個時期，又開始重理舊業。所謂重理舊業，就是重新開始。幾經斷續的重新開始，書中的文章出現了一種現象，就是一再重復某些材料或論證。不過，經過一再重復後，某些論點已言之成理，漸漸形成自我的體系。這是我所說的原地踏步，自己不長進的地方。雖然原地踏步，但踏下的腳印卻深深烙在泥土裡，也表示對自我的肯定。稿件整理已畢，糊塗齋外大雨滂沱，已近黃昏，清理案上的殘稿，與剪貼下來的碎片斷紙，舉目四望，室內寂寂，架上羅列的群書默默。順筆寫下：「三十載舊欠已了，雖無銳見卓識，但其中存下許多待決的問題，祇好留待來者了。」

三十年是一世，是段漫長的時間了。但一路行來，並不寂寞。因此，我必須感謝在路上攜我助我的人。首先是我的三位論文導師，沈剛伯、李玄伯、姚從吾先生，雖他們已謝世二十多年了。當年臺灣大學歷史研究所博士班初創，我有幸得親炙他們的教誨。他們傳道授業的情景，歷歷在目。後來姚、李二先生遽歸道山，我有更多機會親近剛伯先生。往往是我們各執酒一杯，他靜靜聽我報告問題所在，與解決問題的方法。他聽完後總說：「很好，我沒有意見。」我感謝他們對我啟導，然後給一個任我馳騁，獨立思考與判斷的揮灑空間。尤其從剛伯先生那裡習得治史的胸襟，並且還感染了他「量才適性」的處世淡泊。

後來在論文撰寫期間，我去了日本京都人文研究所，掛單於平岡武夫先生的研究室，讀館藏的《三國志》明清刊本。平岡先生除了請我飲於「十二段家」外，對我多所照顧。最後又轉到香港新亞研究所。新亞研究所是我舊遊之地，圖書館所藏的圖書，都是舊時故識，用起來非常得心應手。我的業師牟潤孫先生，對我提出劉知幾出於裴松之，感到非常有興趣，可惜這個問題到現在，我衹提出了幾個點，沒有更作線的串連。不過，在這段期間，非常感謝嚴耕望先生，遇到考證問題請教他，他總是不厭其詳地向我解說。文章完後仍有些問題橫在心中，這時錢賓四先生已遷居臺北外雙溪的素書樓，有較多的時間前往請益。我向他問起《世說新語》卷帙分篇的問題，並說這種分類方法與漢魏間個人意識醒覺有密切關係。他聽了頻頻頷首，認為這是一個值得做的問題。是時正是盛夏午後，室外樹影在薰風中搖曳，室內我們隔几並坐，兩支燃著的香煙，在寧靜的空氣裡裊裊上升。

我覺得我是幸運的，得到這麼多師長的眷顧。不過，最要感謝的，還是我妻李戎子。她是我最好的聽眾和助手。往往一有所得，我就將看法反復說給她聽，她反復聽我敘說，最後她說她不是學歷史的，但對我做的那一套，都已了解。的確，從最初抄錄資料和製表都由她經手，論文完成後，她曾謄錄兩遍，當時經濟條件很差，抄寫時得墊幾張複寫紙，落筆必須用力，以致她的拇指受傷，至今仍彎曲不便。這些年我雖然在原地踏步，她卻繼續前進，臨老又學習電腦，目的祇有一個，就是為我作文字的處理。最後還麻煩她架起老花眼鏡，將早已束置高閣、封塵已久的古籍找出來，核校引文的材料，真是有始有終。所以，她最了解這部書寫作過程所經歷的辛苦。因此，我將這部書獻給她。

我們核校一遍後，又把黃清連弟找來，請他再將稿子清理一次，清連弟從我遊三十餘年，又在史語所默默工作這麼多年，從事中古社會史的研究，卓然有成。他在整理與核校的過程中，遇到問題提出討論，並且在若干地方還增加了補證的材料，的確辛苦他了。

不過，我要感謝的，還是劉振強先生，承蒙慨允我的《糊塗齋史學論稿》及《糊塗齋文稿》由東大出版，才激勵我將一系列著作陸續整理結集。我也非常感謝負責《糊塗齋》系列的編輯和校對的先生和小姐們，由於他們的熱心和細心，這一系列的著作才能順利出版。

走筆至此，突然想到當年上姚從吾先生的課，我們師徒在他的研究室隔桌而坐，他穿著汗背心，揮著扇子，以濃郁鄉音緩緩地講他的治學經驗，他說：「寫文章，像醃菜，越陳越好。」可是醃菜得不時翻動，不像我將菜丟進罈子，就不管了，而且缺鹽短醬，早已不對味了。但醃菜還是醃菜。

（本文為拙作《魏晉史學的思想與社會基礎》的序）

結網

今年，教書生涯告一個段落。我的學生們為我編了本集子，趕在我生日前幾天出版了。說來慚愧，教了三十多年的書，該是桃李滿天下的，但真正由我帶出來的學生卻不多，如這本集子所列，不過一打。這是說他們已在史學界工作，或將來準備從事史學研究，每人就自己現在研究領域裡寫了篇論文，向我作了研究成果的彙報。這本集子近六百頁，他們已經盡心。

當初，準備編這本集子時，他們曾徵詢於我。我期期以為不可。因為誤人多年，無些微貢獻。噉飯而已，有什可表記，臨去豈可更設文字障。他們說不關我事，衹是他們的心意，敘敘我們的師生情意。既然如此，我不便再多說，不過，我還是叮囑一句，集中不可有阿諛之詞。負責主編的黃清連說：「關於這一點，你大可放心，你就沒有教過我們這兩個字。」我聞言大笑。然後，我們出門喝酒了。

不久前，稿已集妥，準備付梓，黃清連索名於我，閱了一下稿件，然後說就叫「結網編」吧。「結網」一詞，典出《漢書・董仲舒傳》。董仲舒說：「古人有言，臨淵羨魚，不如退而結網。」顏師古釋「結網」：「言當自為之。」意即站在岸邊想著河裡游來游去的魚，不如回去自己結個網。治學之道，亦復如此。我們似乎不必羨慕別人，祇要能耐得住青燈殘卷的寂寞，不曲學阿世，一步步踏實走來，書中字裡行間所蘊的微言精意，自然躍於紙上，日積月累，到時自然可觀。我常對他們說，我們雖然不笨，但也不能算聰明，笨功夫還是要做的，而且「當自為之」。文史一行，譬如烹飪，不宜急火爆炒，祇能文火燜燉。如東坡煮肉，所謂「火到東坡膩如脂」，就在火候上。但火候的拿捏，非親自為之，是無法體悟其中奧妙。集名「結網」，意即在此。

「結網是為了收穫，結網同時也在結緣。」黃清連在《結網編》的序這樣說。「結網同時也在結緣」，是《結網編》另一層意義。人生際遇難料，聚散全憑個緣字。人與人之間的因緣如結網，一個結搭一個結，結結緊緊相扣，最後擴大結成一個網。我和早期的一批學生相識，都是非常偶然的，但卻非常投緣。因為我最初習史，如我在〈走過舊時的蹊徑〉所說，也是非常偶然的，但一路走來碰碰跌跌，若當時有人從旁稍予扶攜，就不致那麼艱困了。因此，剛教書的時候，雖然所學雜蕪又無專攻，但如果發現有志於史學的後生，就在旁相輔，帶他們上路。然後他們在史學領域裡，另結因緣，各自拓展，現在都已卓然自立。但三十年過去了，我們卻維繫著密切的師生情誼，這也該說是有緣了。

後來我又去了香港，原來去那裡祇想作個過客，沒有想到竟居停了十四、五年，在那裡又相識了一批學生，他們都是新亞書院出身。新亞也是我最初習藝的地方。錢賓四先生在離亂中創辦的新亞，原來就有潛心向學的傳統，他們都是在這種傳統遺緒中培育成長的。而且在這段時間，我可以冷靜思考與反省，對自己所學從雜亂中理出一個頭緒，並且肯定自己在魏晉史學思想與中國近代史學思想方面的工作，他們學步多從這裡開始。我從香港回臺北，他們之中的幾個，又追隨我回來，分別在這裡從事歷史教學，或繼續攻讀研究所，有機會再接受我的薰陶。的確，他們都是被我薰出來的，因為在研究室討論問題的時候，我總是一煙在手，在煙霧繚繞裡，我們從煩雜的現代，回歸到歷史的寧靜中去，就在這時，他們之中又多了兩個臺中來的學生，坐在那裡忍受我的薰陶。

是的，在現代的史學領域，我們都是沉默的結網人。靜靜地編結自己的網，但並不寂寞。

也是閒愁

讀你們大家寫來的聯合信，可能是我客中的一樂了。因為這樣又可使我回到我的小樓，和你們深夜煮茶燒粥，抵膝閒話；或酒後繞校園狂歌，數點滿天的繁星；或再去「大史」那兒，來一半豬肉一半牛肉的吧……，於是陽明春寒，廬山曉霧，都在目前了。所以，我現在雖獨看樓頭朦朧月，坐聽窗外生苔雨，但卻有天涯若比鄰的溫馨。

不過，今天讀罷張元和羅龍治的來信，卻使我久久不能自已。因為羅龍治「無酒無歌無夢想」的惆悵，張元「生年不滿百，常懷千歲憂」的閒愁，雖然起調的琴絃稍低，略現悲涼，但在悲涼裡卻有難抑的激昂。正像張元所說：「學歷史就是這點不好——想得太多！」的確，我們讀過許多過去的「是非成敗轉頭空」，因此，有時就不免想得多些，而對許多事就無法

「萬事如等閒」了；尤其對於身邊的事，常常會有「吹縐一池春水」的閒愁，但這種閒愁卻是常盪漾在中國讀書人心裡的。

就像過去一年一樣，我們曾花了大半年的時間，每兩三個星期，研究所二三十位同學聚在一起，每人捧著一部高中《中國文化史》的教科書，將自己在家苦讀的心得報告出來，然後大家進行討論。在燈下隻字推敲，逐句分析，並由主持各章節討論的同學，提供有關的資料。這些資料往往是從幾個不同圖書館辛勤搜集來的。雖然也許會有人說「干卿底事？」但我們仍然態度嚴肅地進行討論，而且心情是沉重的。

這種沉重的心情，是因為看到我們弟妹，在燈前死背人名、地名的慘狀；是因為聽到我們教書的朋友和同學，訴說他們教這門課，在上課前查《辭海》、《辭源》，但上課時仍然無法讀準發音的苦況；是因為我們的師長和前輩，冒著大暑天揮汗批改聯考試卷，歸來後都不禁搖頭嘆息而凝成的。於是，我們才決定仔細讀這部現在全國高中學生都在「苦」讀的書。

當然，我們了解政府在中學加開這門功課的苦心。由於大陸發生倒行逆施剷除我們歷史文化的悲劇，所以我們最高當局毅然決然地提出「文化復興」的號召，這個歷史性的偉大號召，不僅要我們維護固有優良文化，再體認我們文化基礎的深厚，同時更進一步以這個深厚的基礎，作更新的創造。因此，除了在各級學校中加強文化復興教育，更在高級中學原有的歷史課程外，增了中國文化史一科，這正說明最高當局對於歷史教育的重視。因為歷史教育是國民意識與精神塑鑄的版型，國家民族存亡興廢之所繫。

無可否認的，近百餘年來因列強的侵略所造成的「國恥」，是每一個中國人沒齒難忘的。所以，在國民革命成功後，舉國上下都發憤圖強，志在雪恥。 國父臨終亦殷殷叮囑，在最短期間廢除不平等條約。所以當時我們的歷史教育，就偏重於國恥史的講授。尤其在抗戰前後，我們的歷史教育最成功。因為在學校裡不僅教歷史的老師講這段國恥史，甚至美術、音樂、體育教員也利用機會教育。在社會上，上自高級知識份子，下至販夫走卒，對於這段國恥史都能侃侃而談。每逢國恥紀念日不僅停課停市，甚至於臂纏黑紗以誌不忘。記得我童稚時，在先母懷裡，她向我講述的故事，就是洋鬼子如何欺辱我們，她雖然不識字，但那種敵愾同仇的心情，卻和一般人並沒有不同。這種「敵愾同仇」的心理，就是經過長期的歷史教育漸漸培養而成的。

因此，當最高 領袖在廬山發出歷史性的號召——對日抗戰，全國軍民不分男女老幼同心協力，前仆後繼，浴血抗敵，終於獲得最後勝利。所以日本在發動侵略戰爭之初，雖然對中國當時的戰備力量，作了最精確的估計，並狂言三個月內滅亡中國，但卻沒有把另一種無形的「敵愾同仇」的力量估計在內。所以，如果分析對日抗戰勝利的因素，那麼，由歷史教育所激發的民族感情和意識，應該是一個決定性的因素。記得抗戰時，我剛上小學，一課「臺灣糖，甜津津，吃在嘴裡苦在心，甲午一戰割日本」。雖事隔多年，現在仍能朗朗上口，由此也可見歷史教育對一般國民所發生的作用了。

相反的，日本在明治維新以前的江戶時代，武士弟子所受的教育以漢文為主，主要的歷史教材，是以《春秋左氏傳》、《史記評林》、《十八史略》的中國史書為基礎，至於他們自己的歷史，在幕末時才增入《日本政記》、《皇朝史略》、《國史略》、《日本外史》等。不過，自明治五年公佈新學制，於是日本有了近代的學校，學校講授歷史，因此，歷史教育成為陶鑄日本國民思想與意識的模式。不過從明治初年到日本戰後八十年間，日本的歷史教科書雖有幾度的改變，但明治十二年所頒佈「教學聖旨」，認為歷史教育的目的，是為尊王愛國與人民志氣的培養，於是「皇統無窮，國民勇武」，就成了日本歷史教育的指導原則。日本的國定歷史教科書，在明治三十六年一月，由文部省首次公佈出版（其後曾經修改）直到第一次大戰後為適應世界的潮流，教育方針完全改變，不過大正九年所發行修訂的歷史教科書——《國史》，是以歷史人物為主體的，他們選定四十個主要的歷史人物教育兒童，希望兒童從幼年開始對歷史人物的敬仰，而激發他們的國家思想，振作國民精神。但在本質上，還在強調國體特質與皇室尊嚴。這種歷史教育指標繼續發展，因而有昭和十五年「徵明國體」的歷史教科書出現。這種歷史教科書的基本精神，是在加強大日本帝國萬古不易的國體，天皇萬世一系的觀念。於是日本國民，在東亞與世界領導地位的「自覺」，舉國一致扶翼「皇運」的狂熱精神鼓舞下，那個不僅屬於他們自己，而且更涉及我們的歷史悲劇終於產生了。

在我宿處附近，有一家小飲食店，除了賣簡單的茶漬飯外，並且也附賣清酒。我有時也去吃茶或兼飲兩杯，店面很小，就沿櫃臺設了幾張凳子，主持店務的是一位五十來歲的婦人。她在「聖戰」期間曾隨丈夫到過中國，不過她丈夫卻在戰爭末期「光榮」殉國了。後來她知道我來的國度，但我們卻因語言的隔閡無法暢談。我衹是慢慢地在那裡喝酒，她站在櫃臺內給我酌茶時悽婉一笑，我是可以了解那笑容的含意的，因為我們都是「徵明國體」歷史教育下，直接或間接的受害者。

這種因歷史教育所造成的歷史悲劇，在戰後已促起日本歷史學者和歷史教育者的反省。在坊間可以看到許多這樣的著作，如船山謙次的《日本戰後教育爭論史》，松島榮一的《歷史教育史》及《關於戰後文教政策轉變的過程》，家永三郎的《戰後的歷史教育》，佐藤伸雄的《戰後歷史教育運動史》，遠山茂樹的《戰後的歷史學及歷史意識》，高橋慎一的《歷史教育與歷史意識》，以及由教科書協會宇野精一所主編，關於家永三郎事件有關的討論集《歷史教育與教科書的爭論》等，都是屬於這一類的作品。這些作品不僅對過去的歷史教育有所批評，同時也向將來應走的方向探索。戰後二十餘年來，日本的歷史教育和日本的歷史學一樣，有許多不同的變動，這是一個巨大轉變過程中，必然會發生的現象。

也許由於我們討論「中國文化史」的關係，所以來此以後，逛書店的時候就常常注意這些「外務」。不過，這些「外務」卻也添了我幾許閒愁。因為到今天為止，我們自己國家還沒有一本類似這樣的書，也許我們的歷史教育，現在還停留在一成不變的階段。因此，我不得不佩服我們的歷史工作者和歷史教育者的容忍性。因為我們現在在大學講授中國近代史，還停留在江寧條約、天津條約……如何割地、如何賠款一把傷心淚的國恥史的範疇中。當然，我們必須承認這部國恥史所激發的民族感情，曾使我們贏得一場戰爭。不過這些不平等條約已在民國三十二年廢除。是的，歷史的過去雖然是一個客觀的存在，那麼，我們為什麼不講講在這個大變局中，社會、文化、經濟各方面所發生的變化以及其發展的趨向呢？同時，我們也無法否認，由於這部國恥史所掀起的另一股逆流，今天共產黨在大陸，所進行的盲目排外義和團型的把式，這部國恥史多少也發生了推波助瀾的作用。

我很高興你們把《中國文化史》討論的總結完成了。經過上十次的討論，最後終於將十餘萬字的綜合結論，和數百張卡片濃縮成三萬字的總結，的確不是一件容易的事。但在大家共同努力下，終於克服了許多困難而完成了，而且還要在下月我們所創辦的《史原》上發表，真是可喜可賀！

我們大家都了解，我們的文化史並不是衹以甲骨、鐘鼎、筆墨紙硯的文房四寶，和幾幅字畫就可以交代過去的。當然，我們不否認這些物質文明，同樣也是我們祖先智慧的結晶。不過，如果我們進一層探討，將會發現這些文物，衹有在深厚的文化基礎和精神支持下才能出現的。但在我們所讀的這套書裡，卻無法發現這些。當然我們更無法忍受這套《中國文化史》，衹是滿紙的器物名稱，通篇人名別號，所幸主編者不是從事歷史專業研究的工作者，不然又為我們歷史工作者增添了不必要的誤解。因為就有一位寫歷史傳奇的小說家曾經說過：歷史除了人名、地名、時間外，其他的都是假的。但如果衹讓我們的青年朋友，衹死記那些支離破碎的人名、地名和書名，不僅無法體認中國文化的偉大，同時更曲解了文化復興偉大號召的本質，的確是非常不幸的。

當初，我們決定進行這件工作的目的，衹是想對現行的這套教科書，有一個認識和了解。但沒有想到越讀問題越多。因此才進一步對這套書作系統的討論，卻產生了你們努力的成果——三萬多字的結論，這真是一個意外的收穫。不過，我們所做的這件工作衹是一個開始。因為每年有萬千青年的弟妹們讀這套書，每年有更多我們歷史工作的夥伴教這套書，我們相信他們親身的體驗，將會提出比我們更切合實際的問題。如果這些問題能在大家互相磋商下，而獲得一份更具體的結論，也許可以促進以後的歷史教學問題。那麼，我們所做的這份工作，就不是閒愁了。

我真高興再回到學校後，能和你們同遊共處，我從你們那裡學得很多，獲得更多，這樣才使我這個「少年子弟」不至於「江湖老」。我覺得和你們在一起的生活，並不像龍治所說的「無酒無歌無夢想」，倒有幾分「有筆，有書，有肝膽；亦狂，亦俠，亦溫文」的。這是我最近讀到的一副對聯，很可以突出中國讀書人那種特有的性格。不過，這個狂字，卻不是無知的狂妄，而是所謂「狂者進取，狷者有所不為」的那個狂。

不要再說那些遠航的漁人未歸，我們系裡每年不是有許多滿載的漁人歸來嗎？我相信即使那些如今仍在海上漂泊，他們也在計算汛期，到時準備作一次大回歸的。因為海洋雖然遼闊，總是有風浪的。至於我，可能是一個最令人失望的漁人了，雖然祇是「近海作業」，但一靠這裡的碼頭就想掉舟了，現在我正在揚帆，即將準備歸去，載著那尾在海上偶爾撈得，卻已被風吹乾的小「貓魚」。

我的那座望月小樓雖然陳舊，可是卻曾盛滿你們年輕的熱情，和我們共同的新夢想。我真高興現在雖人去樓卻不空，你們的歡笑仍然點綴著午後寂寞的斜陽。這裡天已破曉時分，月色浮在濛濛的曙光裡，林間早醒的鳥已開始吟唱，遙遠山邊一輛急行的快車箭似飛過，凝視著這般光景，我想我該披衣漫步。風將會吹起我的衣裳，伴著四周的松濤篁韻，我會想振衣乘風歸去。

燈下書簡

最近一直下雨，尤其是夜裡，窗下淅瀝的雨聲，常伴著水田裡向雨的蛙鼓，常常會吸引我窗前靜佇，透過那層雨霧，越過水田邊那叢飄搖在風雨的竹林，是一串濛濛的路燈，熒熒的燈火一盞接一盞，照亮了平滑的路面，蜿蜒的路伸向遙遠。夜已深寂，偶爾有輛疾駛而過的車子，隆隆車聲和著濺起的水漬頃刻又平靜了。

這條路是新闢的，當初為了趕工，常常夜裡加班，每次我從外面回來，總是看到許多工人，聚在強烈的燈光下工作。每次我都會歇下來，看他們忙碌地擔土或抽水，許多的燈光聚在一起，湊成了一個巨大的光圈，光圈內燦爛如同白晝，光圈外卻是一片漆黑。每次我離開他們，把身子投入黑暗，踩著滿地的泥濘摸索著回家時，就會想，這些聚在一起的燈，如果分散開來，就會照亮了我回家的路。

的確，有人的地方會有燈，有燈的地方就有路；但燈聚在一起，祇能照亮一片地方，分散的燈卻能照出一條路。這個念頭一直在我心中盤桓著。直到三個月前，我決定接編《中華文化復興月刊》，才把這個觀念鑄成具體的形象。在我為這個雜誌籌備的包括《文復論壇》、《拓墾者的畫像》、《西方學者論中國》等一系列專欄之外，特別開闢了一個《燈下書簡》的專欄。

《中華文化復興月刊》，是中華文化復興運動推行委員會的刊物，從創辦到現在已經六年多了，一直沉默擔負著文化復興的工作。去年夏天，他們邀我接編這個雜誌的時候，我答覆讓我考慮考慮，後來許多朋友都勸我，希望我去耕耘這塊沉默的園地。經過半年的考慮，我最後終於接受這個辛苦的工作。

常言道，與誰有仇，就勸誰編個雜誌。過去，在學校時，我有編雜誌癮，不要名不要利，祇要有雜誌我就編，大小的雜誌刊物，前後我編過近十個，有一年多的時間，大部分消磨在印刷廠裡，從來沒有感到編雜誌是件苦事。也許當時的學生雜誌，沒有現在那樣聲勢浩大，祇要三兩人小鍋小灶的就開辦起來。而且出版了就算了。反正也沒有誰看，沒有文章就幾個人閉門製造。所以那段期間，我的著作量頗豐，新詩、散文、小說、論文都寫，也有很多筆名。寫的什麼自己也記不清了。幾年前，到作家咖啡屋去看羅行，他正在準備一個詩展，看到一冊《青潮詩刊》裡，有一首〈守碉堡〉的詩，好生面善，就問羅行是誰寫的，羅行回答說「閣下」。

事隔二十年後，我又再度下海，就感到編一個雜誌的確不是一件簡單的事，尤其一個對外公開發行的雜誌，而且又有長久傳統的雜誌。因此，在開始接編時就要求給我三個月的籌備期，在七月開始出版革新號。所以我先和許多朋友交換意見，等彼此意見溝通了我就開了一次座談會，討論「傳統和現代的銜接」問題，然後才確定了這個雜誌將來的趨向：「傳統和現代銜接；學術與社會結合」。於是，我就在這個指標下，籌備了幾個專欄，因而產生了「燈下書簡」。

「燈下書簡」這個名字，乍看起來，彷彿是一個人在深夜裡，伏首燈下寂寞的獨白。事實上，這個「燈下書簡」，正像我在前面所說的那樣：分散的燈可以照出一條路來。在我們生活的時間和空間裡，的確存在著許多問題。這許多問題，卻不是一兩個人的智慧可以解決的。所以，必須彙集許多不同的意見和智慧，也許可以尋找出一條路來。尤其我們這個時代的知識份子，四處分散，卻面臨著許多比其他時代知識份子更多更困惑的問題。

每一個中國知識份子都是一盞智慧的燈，一盞智慧的燈接著一盞照亮下去，就是一條路，一條我們該走的路。所以，「燈下書簡」是這一代知識份子沉默的意見，發散光芒的地方。是他們的獨白，得到和聲和共鳴的地方。這是一個不拘形式的園地，可以談社會問題，談文化問題，抒個人的感懷，說大家想說的話。最後，我們將會發現我們並不是一個踽踽獨行的夜歸人。朱西甯和趙滋蕃兩位先生就是在這裡最初引吭高歌的人，他們分別對三十年代文學，和當前的科學發展表示了他們的意見。

現在，雨已歇，霧已散去，那串朦朧的路燈，在翻出黑雲的月光映照裡，也變得那麼皎潔明亮。是的，那裡有燈，那裡就有路。

雨淋風淒書作枕

過去有人以《漢書》佐酒，的確雅得很，但不知他是在什麼環境和條件下讀的。我也曾讀過《漢書》，現在仍在讀。不過，最初讀的時候，卻沒有那份閒情逸趣，而且是「夜半歌聲」裡的「風淒淒、雨淋淋」的恐怖氣氛中，開始讀的。

大二上學期快結束的時候，我當時的女朋友——現在的內人告訴我，他們要搬家了。但現在住的房子是向一位朋友借的，他們搬走後，房主一時還不會來接收，房子空著沒人看，最好我能為他們看一個時期。在這種情形下，我義不容辭地就答應了。

她家那時住在木柵附近馬明潭的一座孤山上，當年的木柵沒有如今這麼熱鬧，馬明潭更是荒涼。他們住的房子是一位朋友建來準備警報時疏散用的。平時空著，她家由南部遷來，就借住在這裡。

那座小山不算高，就靠馬路邊。不過，馬路也很安靜，一個小時才有一班公路局的班車經過。馬路的對面如今闢為停車場了，當時是一帶亂葬岡，許多墳墓和高低不齊的墓碑矗立在雜草矮樹叢裡，另一邊現在拓成興隆路了。原來衹是一條狹窄的便道，向內通到一個軍營，路的那邊是一帶小丘陵，丘陵上也亂散著些荒塚。

這座小山孤零零地豎在那裡，被許多不知名的陌生墳墓環抱著，周圍五百碼之內沒有人家。山頂有五百坪的平地，遍是竹林，房子隔局成丁字形，前面兩間是西式的，後面三間是中式，前後有條走廊連繫起來，坐在前面房子的簷下，順著馬路望過去，一眼可以看到埤腹。有時我從學校騎車去她家，過了景美，再轉個彎，就可以看到在竹林裡，那叢爬滿屋頂盛開的九重葛。夏季月明風清之夜，坐在廊下納涼，墳地飄著點點螢火，偶爾山下的馬路，會閃出幾道往來腳踏車的燈光。這裡環境的確很清靜，有幽幽森森的野趣。

但他們搬家的時候正是冬天，正是濕濕濘濘雨季的冬天，在一個灰黯綿綿雨的下午搬走了。臨行前，我女朋友的母親，把門窗鑰匙及該注意的事交代一過，幾次欲言又止，最後終於問我一個人住在這裡怕不怕，我當然回答說不怕。她又說不怕就好，不怕就好。我忍不住地問有什麼事嗎？她說沒有什麼，也是剛剛人家告訴她的。

我再三追問，她才告訴我，傳說這裡在沒有蓋房子前，是一個晒穀場。很久以前，大概幾十年前吧，有次晒穀子，有個要飯的來偷穀子，被看穀子的老頭一鋤頭打死了，當日也沒有苦主追究，就裝在個大汽油桶裡——「喏，就埋在那裡」，她說著用手向外一指，我順著她的手一瞧，竹林真的埋了個汽油桶，一半在土裡一半露在外面。接著，她又說，過了不久，那看穀子的老頭也死了。鄉裡人說是被那要飯的抓去，臨死的時候，身上青一塊紫一塊，說是被鬼打的，後來這塊地就廢了。等他們的朋友把房子蓋好後，找了人來看房子，看房子的人睡了一夜就跑了，那看房子的人告訴別人，半夜裡有人抓他的腳心……最後，她說她本來不想告訴我的。但又怕萬一出了事不好。如果我怕，就不要看了。她又說他們在這裡住了一年多，倒也沒有什麼。

我聽了，連說不怕不怕，我可以找個同學陪我同住。目送他們的搬家車去後，我又回到房子裡，真的是人去樓空了。平常房子裡住了人，人來人往，而且房子擺著家具，是充充實實的，如今我隻身單影穿梭在空空洞洞的房子裡，就感到蕭瑟了。前面兩間西式的房子堆放著屋主的雜物，我住在後面，後面中式的房子一排三間相連，中間是客堂，我睡在廂房裡，沒有床，我下了廂房把通客房的一塊門板搭妥，打開他們留下的被褥，然後在屋前屋後轉了一圈，除了風吹竹林蕭蕭外，什麼聲音都沒有了，在這個孤立的小山頭上，真的是天地與我獨往來了。我很喜歡這個環境，有些詩的孤寂境界。

以後這段日子，我在學校吃了晚飯，披上雨衣騎車，頂著風雨到那小山下，蒼茫的暮色已從墳地裡扯起，慢慢包圍上來。我推著車子，經過一段泥濘的小徑爬到山上，然後開門，門是舊式的，吱吱作響，進門後開了燈，就脫鞋上床。因為整個房間除了這張用門板架的床外，已別無他物了，上床後裹著被子，聽屋外的風雨。最初幾天，我還請了位同學來陪，兩個人同榻而眠，共話心底藏著的許多偉大的夢想。後來我把這個山頭和房子的故事告訴他以後，第二天他就說有事不來了。一個人躺在床上翻來覆去睡不著，更糟的是，就在這天晚上電燈也壞了。祇有躺在床上聽風聽雨，還有，到現在也叫不出名字的鳥，繞著屋外的竹林「嗚嗚」的叫，當時我把牠叫做「哭林鳥」。靜靜地等待天明，同時也想了許多《聊齋》的故事。

第二天回到學校，便去買了封蠟燭。又到圖書館借了套線裝的《漢書》，心想在熒熒的燭火下，用《漢書》來消磨山上寂寞的風雨夜。也許在下意識是想用這幾函《漢書》作枕頭，避避四周的邪氣。我不知聽誰說的，《漢書》可以避邪。於是，每晚回到山上，點上蠟燭，擁被倚牆一頁頁的翻起《漢書》來。暈黃躍動的燭焰，照在古舊黯黃的書頁上，指模大的雕板宋體字，跳躍在我眼前，真的不知今夕何夕了。我暫時遺忘了外面的風雨，風吹著窗子吱吱的響聲。甚至連不時如手指急叩窗上的玻璃聲音，也聽不見了。

一夜，讀書忘了時間，其實當時也不知時間，手上的破錶正躺在當舖裡。抬起頭來，窗外風停雨歇，月光照在窗上，突然窗外出現了一隻手掌的影子，慢慢向我揮動著，我掀被一躍而起，走到窗前細看，手掌的影子不見了，等我躺下，那手掌又向我招搖。我實在忍不住了，就開門到屋外去尋找，找了半天什麼也沒有，仰頭一望，正皓月當空，天空裡還有數點寒星，四周有寒蟲的唧唧。於是，我便走到竹林裡，對著那個汽油桶扳了幾下說：「老兄不要開玩笑。」扭頭回到房裡，關了門，上床蒙頭大睡，心想衹要「它」不來掀我的被子就行了。第二天一早，還是放心不下，天剛亮就起身到外面去找，結果被我找到了，原來是他們家留的一條大絲瓜種，掛在窗下，瓜藤上留著一片巴掌大的枯葉，風吹起時，枯葉向我翻飛，像輕輕朝我揮手。

在那山上住了將近一個月，每夜頭枕《漢書》而眠，同時也看了近二十卷的《漢書》，後來下山，又陸續地讀完。如果不是那種月黑風高，風淒雨淋的環境，我不會想到讀《漢書》。因為我在大一那年，遵魯實先師所囑已讀完《史記》，不過卻讀得很辛苦。所以我不準備讀那種沒有標點的書了。現在回想起來，有了那個機會，雖然讀起來比《史記》更艱澀，更無趣味，但我畢竟開始讀了，而且將它讀完，這對我後來重讀的時候，有許多好處，至少對裡面的人和事，不致陌如路人。沒有想到事更二十多年，這部書竟成了我謀生工具之一，我在這裡開的「史書導讀」，《漢書》就是其中的一種。

書到用時

談到讀書，我就感到臉紅。我是一個不歡喜讀書又不會讀書的人。因而我常常聽到有人在背後批評：「逯某人也會讀書，寧非怪事！」「他又不買書！」的確，我不買自己不必要的書。一來經濟能力衹夠餬口，沒有餘錢買多餘的書；二來常常搬家，搬起家來最難整理的就是書，而所寄的蝸居，僅夠旋身，沒有更多的空間藏書。

我雖然不買書，但現在的這份職業，卻不能不讀書。不讀書，第二天就會被掛在黑板上。所以每天不得已總要讀幾頁書，這倒不是把讀書當飯吃，卻是為了吃飯而讀書。

既為吃飯而讀書，當然讀起來就要讀得現實些，必須想出一套適合自己的讀書方法。所以我也有我自己的一套而且是相當落伍的方法。也是大家知道的，那就是從目錄學入手。因為目錄是做學問的鑰匙，我的一位老師常常說：「不通目錄無以治史學。」豈止史學而已，治任何一種學問，都該了解自己本行的目錄學。這和生意人一樣，必須了解自己這一行的行情。讀書人的行情就是目錄學。不過，搞歷史這一行，不僅要了解現在的行情，更要了解過去的行情，前人成果的累積，就是我們現在讀書的基礎。

讀目錄學可以知道前人做了些什麼，研究了些什麼，那些書該立即讀，那些書可以留著慢慢看，這樣才不會走太多冤枉路。我們學歷史的該讀的目錄書不少，不過，可以先選《四庫全書總目提要》的〈史部〉目錄讀讀。《四庫全書總目提要》對每一部著錄的書，都附有一個簡單的摘要，敘說這部書的內容、優點和缺點，慢慢地就可以找到自己想讀的書了。在讀《四庫全書總目提要》的時候，同時也翻翻現代人的著作目錄，互相配合以後，才能貫穿古今，不至被別人說你陋。我案旁就擱著幾本目錄書，閒著沒事時總愛翻著玩。

不過，祇翻目錄，不讀書也是沒有用的。每一個人都有幾本自己該讀、必須讀的書。像我們學歷史的，該讀的也實在太多，但常常有一部《二十四史》不知由何處讀起的感覺。可是，包括《史記》、《漢書》、《後漢書》、《三國志》在內的前四史，總該讀讀的。我在大學讀書時，是最不用功更不讀書的，但在大一的時候，也曾假冒偽善作「用功」狀，借了線裝的《史記》和《漢書》，放在書桌上，經過一年的時間竟被我翻完了，當時能懂得多少我不知道，不過，後來再讀時，就覺得方便多了。那時讀書不如現在方便，因為新興的翻印與盜印書還沒有起飛，不要說買書了，就是借書也很困難。

我是個從來也不肯虐待自己的人，對於讀書也是這樣，隨興所至，既無偉大的計畫，更不強迫自己每天一定該讀多少書。因為強迫自己做自己並不願意做的事，是非常痛苦的。我也曾有過一個偉大的計畫，那是自己剛考上大學時，因為自己在高三時留過級，不但親友和學校的老師料準我一定名在孫山外，我自己更有這樣的信心。不知怎麼竟考取了，於是痛下決心，準備端坐書城，「潛心向學」（這是父親來信教訓的話），一新天下耳目。第一次參觀圖書館，看到滿架的書，心想大概夠我四年讀的。也曾排出詳細的時間表假惺惺地發奮了兩天，後來終於找到原諒自己的理由：以後有的是時間，忙什麼？不過我的日記上卻是很悔恨的：「浪費時間過多，切戒！切戒!!」等第三個驚嘆號劃出後，我連日記也不好意思寫了，那張時間表偷偷地裹在新樂園的空盒裡丟了。找不到時間表反而覺得心安。放假回家時，為了表示今日之我，非昨日之我，也會帶一大堆書回去，但都是怎麼帶回去，再怎麼帶回來。臨行時父親就說，這樣帶來帶去不累嗎？

漸漸地，養成了這種讀書的習慣，讀了這麼些年，也沒有讀幾本書（武俠小說例外，有時一夜可讀二十幾本），想想人家的批評：「逯某人也會讀書，寧非怪事！」的確是有道理。

書與輸

當年初到香港教書，過年到業師府上拜年，帶了幾冊自己新出版的書和剛發表的論文，呈請夫子誨正。夫子怫然不悅說：「過年送書！」我立即頓悟，連忙說：「書，書，我的書，我輸您不輸。」以後再去拜年，三鞠躬後，奉上「百事吉」一樽。夫子雖不飲酒，但也要討個吉利。

書與輸，粵語諧音。夫子雖非粵人，但流寓香江已久，也感染了在地的習俗。港人嗜博，跑馬賽狗是全民運動，且家戶參與六合彩。忌言輸字，旁及有關。所以，豬肝稱豬潤，舌頭則名為脷。初遊澳門，在賭場翻閱旅遊指南，結果被看場的趕了出來。

港人諱言輸，也不近書，但逢二、五例外，坐車乘船，往往人皆一冊在手，專注讀

「經」，外人不解，認為港人多彬彬。所以，在香港繫留期間，入境隨俗，除了教書，甚少讀書。而且讀來讀去衹是幾本舊書，讀了也不求甚解，故名書房曰「糊塗齋」。糊塗人讀書「糊塗齋」中，既無為往聖繼絕學的壯志，隨性自娛而已，其結果可想而知。不過，愚者千慮也偶有一得，後來些微成果，都是走過舊的蹊徑，留下的新足跡，一路行來，蕪田拾穗，竟也成了串。

不若現代人讀書，多好爭個輸贏，年未不惑，就寫下長篇累牘的治學經驗談。其實習文史的，若東坡烹肉，火候到時自美。其中甘苦，則春江鴨子划水，冷暖唯自知，有何可表敘。

年前退休，近覓得公寓一層，將居處無法旋身的「糊塗齋」，遷移於此，作為書房。往日束置高閣的書籍，倚壁羅列，頗可一觀。多年一再警惕自己，購書不可衝動，但積累下來，竟有這麼多無用之物。新的「糊塗齋」在二樓，面對公園，且無鐵柵相阻，立於陽臺，可獨覽一園青翠，日日仰俯其間，真的是世路已慣白眼看，留待青睞翻殘篇。就無所謂輸與不輸了。

一毛五的知音

香港的劉述先兄寄來一份剪報，剪的是篇非馬所寫〈那漢子一毛五〉。文章發表在香港《明報》《七日心情》的專欄上。《七日心情》作者七人，天南地北，每人每週一篇，各不相涉，與《人間》的《三少四壯》相似。

非馬不知何許人也。他說他在芝加哥唐人街的公共圖書館等朋友，近門處看到堆滿舊書的攤位，這些舊書都是圖書館淘汰的。在眾多太破太爛的書堆中，卻發現有一本書是新的。他被那本黃色封面上，寫著「那漢子」三個蒼勁的毛筆大字吸引而停下來。這本書的標價是「掉在地上很少人彎腰撿的一毛五美金」。

非馬拿起書來，翻到〈賣劍〉一闋，最後寫到「那漢子仍然坐在地上，下午的斜陽把他孤獨的影子越拉越長，祇有他那瘦長的劍影默默地伴著他。」一股悲涼竟自他身體深處升起。他說一毛五，流落在美國唐人街的《那漢子》，在標價賣身呢！於是他花了一毛五，收留了《那漢子》。

他將《那漢子》緊緊挾在腋下，深怕被別人的手奪走似的。其實這是他可笑的過慮，因為那些手正忙著翻查的都是占卜算命，股票生財，修身益體，或血光刀影之類的武俠小說。誰會有興致來聽一個飽經風霜江湖客的寂寞獨白，一個卑微個人在亂世中所發出的微吁輕喟。

《那漢子》是我多年前出的一本散文集，現在已經絕版了。讀罷非馬的文章，我心中也泛起些許的悲涼。難道各地的中國人，都變得淺薄了，所讀的都是那些低俗的書。非馬認為《那漢子》是本好書。他說「不知道逯耀東寫的這本《那漢子》，當年在臺灣是否也屬於暢銷書之列。」當初這本書的確是本好書。但好書不嘩眾取寵，不追求時尚，也不隨流俗飄浮，肯定不是暢銷書。不過，我最初的那本《又來的時候》卻是本暢銷書，文章見報之後，引起熱烈的討論與唱和，出版之後成為一時洛陽紙貴的暢銷書。因為那篇文章無意間觸動眾人的心絃，吹皺了一池平靜的春水。不過，那已是古早事了，現在已沒有人再記得那篇文章，而且在眾人皆歡之際，一人向隅是很煞風景的，以後我不再寫這樣的文章了。

不過〈賣劍〉出刊與《那漢子》出版之際，也曾引起些微的談論，但那些談論沒有觸及

「社會的脈動」，有朋友說我的劍不能賣，因為那是把中國文化之劍，更有學生寫信向我抱歉，說他們沒有好好讀書，我才要把傳道授業之劍賣了。

有那麼嚴重嗎？當初寫《那漢子》的第一篇〈過客〉時，正居於陋巷之中，和一個朋友共讀武俠小說，覺得其中祇有刀光劍影與江湖的恩怨，卻沒有江湖的炎涼與滄桑，於是，我抓住江湖剎那的遇合，寫了〈過客〉。

〈過客〉寫成後，寄到某報副刊，很快就被退稿了。事隔近二十年後，我在江湖上已闖出些名頭，有個雜誌約稿，我從篋中翻出這篇舊稿重抄後寄去，刊出後反應極佳，雜誌編輯請我以此寫個專欄。於是，那漢子就在這種偶然的際遇下，出現江湖了。不過，我寫〈過客〉時，年未及而立，閱世不深，不知為何有這股蒼涼，也許多年的戰亂流離，積累了載不動的許多愁。

也許正因為這股悲愴，正在刊載中包括〈賣劍〉在內的四篇，獲得當時的散文金筆獎。不過，文章固定每月一篇，實在沒有多少蒼涼可寫，漸漸將自己生活的感受也寫了進去，於是我與那漢子就合為一了。當時我正陷於政治的泥沼，苟有不慎，有沉淪之虞。因為聽了太多掌聲之後，往往會忘記自己是誰，胸中有沉重的積鬱。經過幾度的掙扎之後，終於拔出泥足，落得個清白。於是寫下〈解劍〉一闋，去了香江。在香港寄跡於市井之中，自逐於紛紜之外，一掃胸中的積鬱，《那漢子》反而難以為繼了。不過，我還是有我的終極關懷，對臺灣嘈雜的選舉，寫下〈顧曲〉，對中國大陸知識份子的吶喊，寫下〈雁陣〉一闋，但總覺得「把吳鉤看了，欄杆拍遍」、「知音少，絃斷有誰聽」，因此最後寫下〈集市〉，那漢子終於將劍當死了，換來的錢，在一個不知名的小集市，開了間小飯鋪，賣起滷牛肉來。在〈集市〉寫道：

「我們到底要尋求和尋找些什麼，有時是很難分辨的。因此，使他想起多年前讀過的一些史書來。在那些史書裡，記載著許多想逃想隱的人。但他們想逃想隱，都經過一陣痛苦的掙扎的。祇是他們想的無法實現，想獲得又無法獲得，就飄然而去了。但事實上，去是去了，卻一點也不夠飄然。因為既然要逃要隱，就希望別人永遠將自己遺忘。但他們的名字，卻被寫在歷史裡，也許他們逃得不遠，隱得不深，心裡還有期盼和等待。如果真的要逃，遍地都是松林泉韻，到處都是青山青，何必一定要在南畝種地呢……」

至此，我擲筆，那漢子就從江湖消逝了。不過，我卻因此讀懂了讀了多年的《史記・伯夷列傳》。這些年我沒有再想《那漢子》，沒有想到竟飄泊到美國芝加哥的唐人街，而被非馬收留了。雖然祇有一毛五，我還是感謝這位遙遠的知音。

第三輯

歷史是沉默的

歷史是沉默的

在中國史學的領域裡，史學工作者對歷史的是非與歷史人物的功過，始終保持著多多聽取別人的見解，而保留自己意見的態度。所以左丘明有「君子曰」，司馬遷有「太史公曰」；班固的《漢書》有贊，荀悅的《漢紀》有論；魏晉以後又有評、議、詮、述。司馬光的《資治通鑑》也有「臣光曰」。這是中國史學特殊的寫作方法。使史學工作者在追求歷史真實之餘，還有發思古幽情、一抒己見的機會。

這些意見完全是個人的，因班固可以批評司馬遷「論大道先黃老而後六經」，范曄又譏諷班固「不可作甲乙辨」，而對自己的意見卻自負「皆有精旨深意」。不過，這些意見都是史學工作者自己的，而且置於歷史記載之外，對歷史的真實性與客觀價值都沒有影響。這正是中國史學可愛之處，也是中國史學精神獨立不墜的原因。中國史學工作者為了堅持表示自己的意見，曾有過許多次「頭顱擲處血斑斑」的事件發生。

探索歷史事實，一直是歷史工作者追求的目標，但浪花已淘盡英雄，是非轉頭已成空，而留下的祇是些少得可憐的殘篇斷簡。這些殘篇斷簡，行話稱為史料。但史料卻像一把兩面有刃的劍，可以向東砍，也可以往西砍。往往從不同的角度觀察，就可以得到不同的結論。因此，歷史工作者祇好憑著殘缺的史料，重建一個真實的過去。但這些殘缺的史料都是人記錄的，早已羼雜了主觀的成分。歷史工作者在重建真實過去的程序中，還得費一番沙裡淘金的工夫，辨別史料的真偽，是有意還是無意記錄下來的。所以，歷史工作者雖然希望重建絕對客觀的真實過去，但因為材料的限制是非常困難的，因此，他們對自己工作的成果，除非自己狂妄無知，不敢武斷的說那是絕對真實，祇能說事實可能，或者是這樣的。

同時，傳統累積的重壓，也是歷史工作者重建過去的一個阻礙。因為那些真實的過去，往往被一層傳統累積的濃霧縈繞著，我們對於過去祇是霧裡看花，雖然有朦朧之美，卻無法欣賞到花真實的嬌艷。另一方面，我們社會大眾喜愛的傳統戲曲和小說，更添濃了那層霧。

有一個時期，我讀《三國志》裴松之的注，但因為我先前讀過《三國演義》，又聽過很多的三國戲，在披讀之間，就不自覺的哼起「捉放曹」、「讓徐州」、「煮酒論英雄」來。使我感到非常困惑。後來我做了一個非常無聊又很笨的工作，將二千多條裴注與《三國演義》對了一遍，才勉強把歷史、小說和戲曲的界限劃開。雖然裴松之引的材料，並不完全是歷史事實，但羅貫中的《三國演義》都是以裴注為基礎，總結了唐宋以來的講史而演繹成的。

由於這些情形存在，使我們對真實歷史的了解，又增了額外的困擾，但經過長久傳統累積塑就的歷史形象，又是不容觸動的。如果你說，漢壽亭侯關雲長的臉沒有那麼紅；如果你說，「治世之能臣，亂世之奸雄」曹操的臉沒有那麼白；如果你說，漢高祖在白登之圍向匈奴冒頓單于投降了；如果你說，唐高祖起兵時曾向突厥稱過臣；如果你說，王昭君沒有自沉烏江，這個美麗的漢家子，嫁到塞外無春色的沙漠裡去，先後做了呼韓邪單于父子兩代的閼氏，並且還生兒育女，後來她的外孫又娶了王莽的女兒；有誰會信？又有誰肯信！更別提西晉汲塚出土的《竹書紀年》了，因為《竹書紀年》所記載與夫子之言，竟完全不一樣。

歷史是沉默的，史料又是沉默的，史學工作者伴著青燈殘卷沉默的工作著。他們卑微的願望，祇是拂一拂縈繞在歷史四周的霧，重建一個接近事實的過去，這種工作是非常寂寞蕭條的。也許因為工作的接觸，他們更愛我們祖先留下的文化遺產，祇有維護，膽敢竄改歪曲！他們看多了紙上的無端紛紜，他們更無意製造再多的惑世紛紜。他們也是沉默的！

從人到神

歷史是人類智慧的結晶，世界上任何一個民族與國家，都有屬於他們自己的歷史。但每一個民族與國家的歷史，最初都必須經過一個神話的階段。神話是初民社會對自然的感受與反應，是啟開人類歷史的序幕。

因為人類所處的空間環境不同，對自然的感受與反應也不同，使彼此以後歷史發展的趨向也不一樣。西方人開始就對遙遠不可捉摸的自然懷有恐懼，認為自然是冷漠而不可親的。在這個前提下，於是將人與自然的關係二分以後對立起來。人類生存在這個世界上，就必須反抗自然的壓迫，主動地向自然進行挑戰。但繼續不斷對自然的挑戰，最後必然產生勝利與失敗兩種不同的結果。如果對自然挑戰勝利了，然後再挑戰，再勝利。最終的目的是對自然絕對的征服，徹底的奴役。這種情形在十九世紀以後變得格外明顯。

十九世紀的西方，由於工業革命而產生的科技興起，使西方文明如脫韁之馬向前突飛猛進。因而出現了所謂「進步」的觀念。進步就是不斷創造與新生，也就是征服與奴役自然的另一種稱呼。現在他們已超越了人類生活的地球，正衝向另一個渺茫不可測的空間探索。但阿姆斯壯踏上月球時，驕傲地喊出他的一小步是人類的一大步，與最初歐洲人向海洋探索，地亞士發現好望角時的狂喜，從他們向自然挑戰的本質上看來是相同的。

對於自然不斷地征服與奴役，最後止於何處？這是他們自己想問，卻無法解答的問題。所以，不論他們的科技發展到如何程度，不論他們利用科學技術，將人類的心靈分析到如何精密細微的程度，都無法揮去他們心靈深處對自然的恐懼。這種難以排遣的悲劇情操充滿了宗教感情，正是他們用二分法將人與自然絕對對立之後，在他們文化體系裡出現一個超越上帝最好的條件。

這個超越萬能的上帝，是他們唯一的神，是他們對自然妥協的象徵，也是他們向自然挑戰最後心靈的避難所。因此，他們一方面征服與奴役自然，一方面卻匍匐在自然之前，虔誠地表現出對自然的懺悔。於是使西方的歷史出現了塵世與天國，屬於凱撒或屬於上帝兩條平行雙軌的對立發展。永遠尋覓不到一個會合統一的交點。隨著科技對自然不斷的突破，他們心靈深處的悲劇情操越來越濃厚了。第一次大戰後，斯賓格勒的《西方的沒落》，第二次大戰後，湯恩比的《歷史研究》，索羅金的《危機時代的社會哲學》都充滿了這種悲劇傾向；史懷哲更因此而迷惘，最後消逝在非洲的黑森林裡。

當然，中國歷史的形成，最初也曾經過神話的階段。不過，中國對自然的感受和反應與西方不同，所以在中國的神話裡，沒出現向自然挑戰盜火的英雄，也沒有出現向自然屈服而登山受十誡的摩西，卻有個煉石補天的女媧氏。煉石補天是為了彌補自然的缺陷，使人與自然相處得更和諧，更圓滿。

使人與自然相處得和諧圓滿，是中國人自古以來與自然相處之道。他們將人與自然視為一個共同的整體，人與自然共同存在這個和諧的整體之中，「天人合一」是他們對人與自然關係最基本的看法。在這種情況下，他們無須恐懼自然，也不會感受自然對他們的壓迫。所以他們不必要因反抗自然而向自然挑戰，更不企圖征服自然。因為人與自然和諧關係是不允許被破壞的。人必須處處適應自然，調和自然，使人與自然的關係到達一個和諧統一的境界。

在中國人的觀念裡，天是自然最高的主宰。人共同生活在同一個天底下，作為人類最高權力主宰者的皇帝，被稱為天子，是溝通人與自然關係的媒介象徵。當天人之際的關係不和諧時，天就會降災禍於人，那麼人與自然的關係就得作適當的調整了。在過去如果發生重大的天災異變，甚至於地震，代表天子治理萬民的宰相是要引咎辭職，甚至天子也要下罪己詔的。因為既然天子是人與自然關係的媒介，天人關係的調和與否，他當然要負全部責任的。

但是天與人的關係卻不是絕對的，他們可以彼此交互感應。如果天不仁而視萬物為芻狗，那麼人可以怨天，甚至於可以咒天的。所以，代表人與自然媒介的天子，他不能將天人的關係適當的調和，就失去了人民的擁護，變成匹夫或獨夫，人與天的關係也隨著破裂了。變成匹夫或獨夫後的天子，人人可得而誅之，誅匹夫與獨夫代表了人對天的抗議。因此，中國過去的政治，特別強調天人的關係。在中國史書裡留下了大批這類的資料，〈天文〉、〈律曆〉、〈郊祀〉、〈五行〉、〈災異〉、〈祥瑞〉、〈靈徵〉的志書，都是說明這種天人關係的記錄。

在中國人心目中，代表自然的天，與西方超越自然的上帝不同。天雖然崇高，但卻是可親的，與人戚戚相關的，不是絕對對立的。所以中國沒有產生一個萬能的上帝，也不能產生屬於上帝與屬於凱撒的雙軌歷史發展。塵世與天國統一在代表自然與人關係媒介的天子手中。天子既做之為君，又做之為師，他象徵了人與自然和諧的統一。這是中國與西方對人和自然關係根本不同的看法。因此，當教廷派紅衣大主教魯囊遠渡重洋，來到中國和康熙皇帝討論中國的「天」是否與西方的「天」所代表的相同意義時，朕即代表天的康熙皇帝當然就勃然大怒了。

既然中國人認為人與自然是一個和諧的整體，這種觀念不僅僅表現在政治與政治體制方面，同時也反映在文學、藝術等意識形態領域裡。中國詩裡永遠保持著詩人自然融合的脫俗境界，懸崖飛瀑，松蔭琴韻是中國山水畫的特色。是畫家遊罷名山大川後，蘊化胸中，然後化為丹青的。小橋流水的庭園設計，生氣盎然的盆景擺飾，處處都注意到人與自然的調和，使自己的生活的情趣裡充滿了自然韻律，而與自然合而為一。所以中國人祇想接近自然、欣賞自然，從來沒有想到征服自然、奴役自然。因此，中國沒有產生征服自然的副產品：科技。也沒有因恐懼自然而創造一個超越自然的上帝——萬能的唯一真神。

雖然，司馬遷的《史記》裡，中國也有「縉紳先生難言」的神話，不過，與西方比較，中國的確是一個缺少神話的國家。因為中國人與自然相處得比較和諧，肯定人的價值在我們自己生活的地上，不必再從一個所謂無端紛紜世界，進入另一個超越的世界，另外建立一個神話的世界，然後再由這個神話的世界過渡到宗教的領域。

這並不是中國人沒有宗教的感情，我們也有屬於我們自己的神，而且我們的神都是由人昇華而成的，包括了我們自己的祖先，以及在初民社會裡所崇拜的英雄。尤其那些在初民社會裡的英雄，由於上古時代沒有文字記載，他們的英雄事蹟，祇憑人口相傳。他們的英雄事蹟雜加了傳說，像滾雪球似的越滾越大，也有了神話的傾向。不過這些神話的色彩，經過孔子刪《詩》、《書》以後，其中部分被理性化了。這些被理性化的神話，就轉變為真實的——這些理性化的神話被肯定後，就轉變為我們的歷史，然後與文化的理想以及宗教的情操融合在一起，凝結成道德的規範。所以，這種經過理性化的歷史，不僅被肯定為真實的存在，而且變成了一個牢不可破的傳統，又轉過來指導以後的實際生活、政治體制、意識形態、藝術典型以及道德價值的判斷。

經過理性淨化以後的神話英雄，原來初民社會所崇拜的神，現在變成了聖人。遠古的神轉變為聖人以後，人與神之間的神秘極限便被消除了。因為在我們的文化傳統裡，聖人是人理想人格最高的典型。人一旦達到這個境界以後，就可徘徊在人神之間，既可為人又可為神，所謂「聖而不可知」即是神了。

所以，在中國，人神的界限是非常難分劃的。在我們的歷史裡不斷創造英雄，不斷出現聖人，這些英雄和聖人隨時又可以昇華為神。我們繼承過去歷史的累積，同時我們也得容納在歷史累積裡所出現的許多的神，而且這些英雄一旦轉變為神聖以後，他的地位就與我們的歷史傳統合而為一了，祇有接受，絕對不允許懷疑和批評的。由於這種情形的存在，更增添了現代歷史工作者在尋求歷史真相過程中，許多不必要的無端紛紜與困擾。

也說《三國》

金聖嘆將羅貫中的《三國演義》，列為第一才子書。他說：「天下才子書有六：《莊子》、〈離騷〉、《史記》、〈杜律〉、《水滸》、《西廂》。」並且說：「《水滸》、《西廂》頗為世俗傳誦，駕於此六才子書而上者，應為《三國演義》，故名之第一才子書。」

金聖嘆所以舉《三國演義》為第一才子書，因為他認為三國是古今爭天下的一大奇局，羅貫中演義《三國》，又是古今為小說者的一奇手。至於其他，金聖嘆說：「異代之爭天下，其事較平。取其事以為傳，其手又較庸。故迥不得與《三國》並也。」三國的奇局，就奇在一個亂字上，《三國演義》開篇就說：「話說天下大勢，合久必分，分久必合。」三國大勢正處在那個分字上。合不見得好，但凡分必亂。

徐復觀先生在世時，談到當年他在延安，曾問毛澤東如何讀歷史。毛澤東說該注意改朝換代之際。改朝換代之際必亂，在亂中看歷史，在亂中論人物。毛澤東看中國歷史，以一個亂字貫穿，三國正處於改朝換代之際，群雄並起，逐鹿中原，天下亂紛紛。所以，毛澤東特別喜歡三國，尤其是曹操。

羅貫中所說的三國故事，其由來已久。趙翼《廿二史箚記》說：「晉南北朝以還，已道關張勇。」隋唐以後，里巷間有講古者，所講的古，就包括三國故事。李商隱〈驕兒〉詩就有「或謔張飛胡，或笑鄧艾吃」之句。至宋代平話盛行，說三分天下，已成為其中重要部分，並且由專人講說。孟元老《東京夢華錄》說當年在汴京，「霍四究說三分，尹常賣五代史。」霍四究、尹常賣都是平話名家。《東坡志林》記載當時聽書人的情況說：「至說三國事，劉玄德敗，顰蹙有出涕者，聞曹操敗，即喜唱快。」可見說者已動人心弦。其後至元明雜劇，常扮演三國故事。於是，三國故事流傳民間更廣，而且三國人物，由於臉譜的刻畫，個性隨著定型，忠奸分明，婦孺皆知。

由於最初說書人講三國故事，都是口耳相傳，沒有文字記載，其間摻雜了許多迷信神異的色彩。宋代最初刊刻的《三國平話》，開頭有一首詩：「江東吳土蜀地川，曹操英勇占中原，不是三人分天下，來報高祖斬首冤。」說書者講三國故事，說曹操、劉備、孫權分別是韓信、彭越、英布的轉世，這三人都是被漢高祖殺的。高祖劉邦則轉世為漢獻帝，曹操等三人是轉世來報仇的，這是佛家輪迴因果報應之說。羅貫中認為《三國平話》，光怪離奇，離開歷史事實越來越遠。於是根據陳壽《三國志》為藍本，裴松之《三國志注》的材料，對三國故事作了平實又曲折的描述，對三國人物的性格鮮明刻畫，將流行已久的街談巷說，提煉成雅俗共賞的文學作品。

羅貫中的生平資料不多，過去一度傳說他是浙江錢塘人。但據《錄鬼簿》續編的記載，羅貫中是山西太原人，號湖海散人。生於元朝至正年間，到明永樂時仍健在。生性孤傲，一生懷才不遇，隱於江湖，長於樂府詞曲。所作雜劇，僅留下《風雨會》一種。寫小說五種，以《三國演義》最著名。羅貫中生長在元末明初的改朝換代之際，對三國時代的那個亂字，有更深的體會。不過，他內心對那個亂字，仍有所期待和盼望的，那就是開篇第一回〈宴桃園英傑之結義〉，從此開始以一個義字，貫穿整部《三國演義》。不過，《三國演義》所謂的義，和《水滸》「路見不平一聲吼，該出手時就出手」那個草莽的義，完全不同。因為《三國演義》的義，包括了忠義、道義、仁義、信義、恩義、情義等等。綜合了許多不同類型的義，將一介武夫的關羽，塑造成忠義千秋的關夫子，與文聖孔子並駕齊驅的武聖。《三國演義》在民間廣為流傳之後，又和原來存在於社會基層的孝結合起來，是為孝義，成為中國傳統社會牢不可破的價值觀念。所以，羅貫中所期盼的，就以這個義字，重建亂世的社會秩序。《三國演義》在民間流傳，不僅是一部民間的歷史教材，同時也是民間社會的道德規範，透過小說戲曲的傳播，深植人心。

《三國》的現代版

不久前，這裡的電視臺播放了一部《三國演義》的電視劇。這部電視劇大陸製作，據原著改編，服裝典制頗吻合那個時代。但在臺灣並沒有引起回響，不過在大陸則不然。

《三國演義》電視劇在大陸播放後，掀起了一陣讀《三國演義》的熱潮，於是羅貫中的《三國演義》又流行起來。除了出版普及、豪華、典藏版的《三國演義》外，各種有關三國書籍如《曹操大傳》、《三國懸案》、《三國韜略》等三國書相繼上市。還有些出版社也跟著湊熱鬧，竟出版了現在很少人讀得懂的陳壽《三國志》。

由於電視劇而掀起的《三國》熱，在沒有政治指令下，有關三國書籍在大陸風行起來，是非常有趣的事。不過，其中原因也是可以理解的。因為大陸改革開放後，原來在集體內的

個人，在社會迅速轉變中脫序而出，變成游離的個體。為了在轉變中取得個人的利益，迫切地從《三國演義》中吸取有關的謀略，這是一個社會轉變的社會心理問題。不過，在社會轉變中謀取個人的經濟利益，首先必須這個社會有提供他們謀取經濟利益的條件，換句話說，那個社會的經濟條件已有某種程度的發展。所以，我們現在不能再沾沾自喜說人家一窮二白，而自己的錢淹腳目了。

當然，從《三國演義》中吸取謀略與經驗，不是從今日始。清初《三國演義》譯成滿文，當時滿清的將領不通漢文，無法閱讀《孫子兵法》一類的兵書，祇有從滿文的《三國演義》，吸取攻戰用兵的謀略。清人不但將《三國演義》用於軍事，並且也應用到外交方面。滿洲入關前處理滿蒙的關係，自認為是劉備，視蒙古為關羽，此後維繫著兄弟之義的親密關係。環繞承德避暑山莊周圍的十座喇嘛廟，就是這樣建築起來的。

這部中國古典文學作品，不僅可以應用於軍事與外交，並且還可以用於貿易的競爭，五十年代日本掀起的《三國》熱，就緣於此。羅貫中的《三國演義》，在日本稱為《三國誌》或《三國志》，江戶時代已有改編本或繪圖本流行。並且影響當時的文學創作，江戶後期曲亭馬琴的《南總里見八犬傳》，其中某些情節，即仿自《三國演義》。將《三國演義》視為一種專家之學，則由京都大學的小川環樹奠下基礎。他的《中國小說史研究》，對《三國演義》版本、故事演變、結構、人物等，作了深入的分析與探討。他所譯的《三國演義》，不僅是全譯本，字字斟酌，忠於原著。他所做的學術研究，和坊間流行改編或改寫本完全不同。七〇年我掛單於京都人文研究所，搜集有關《三國志》的論文材料，曾拜訪小川環樹於其研究室，謙謙君子，拙於言詞。

不過，《三國演義》在日本社會廣泛流行，卻由於一九四三年吉川英治《三國志》的出版。吉川英治不僅改編三國故事，並且在文字方面加工，頗適合日本人的口味。這時正是日本經濟復甦之時，於是日本企業界將這部中國古典文學作品，轉用於實際的貿易競爭方面。其後雖然有眾多關於《三國演義》的作品出現，有趣的是更多應用《三國》寫的貿易競爭著作，如城野宏《三國誌的人際關係》、《三國誌人間學——腦力開發實踐講座》、狩野直順《三國誌的人間智慧》，重要的企業雜誌《願望》出版過《三國誌——商業學的寶庫》。這一系列的書籍可稱為《三國》的現代版。大陸的《三國》熱，即師法於此。

日本企業界的領袖大多醉心於《三國》，被稱為日本經營之神的松下幸之助，生前就說三國人物的智慧是他最好的老師。日本企業界所以喜愛《三國》，因為《三國》可以教導他們審時度勢，知己知彼，以己之長攻敵之短，徹底擊敗對手。這是《三國》的謀略應用，的確，包括「美人計」在內的三十六計，都在《三國》之中。常言道，老年不讀《三國》，因為其中深藏謀略，老年人閱歷已廣，若再讀此書，恐城府更深。但現代版的《三國》，祇突出書中謀略，完全無法了解當年羅貫中撰寫《三國》，以一個義字為主線貫穿全書，以規範謀略的本意所在。所以，那個有情有義的《三國》，似已一去不復返了，剩下的祇有個亂字。

曹操的臉譜

《三國演義》是一部小說，但卻是一本歷史小說。歷史小說和一般小說不同。一般小說對人物的塑造，故事情節的結構與發展，可以全憑作者的虛構，歷史小說則不然。胡適批評《三國演義》「拘守歷史故事太嚴」。事實上作為一部歷史小說，《三國演義》可貴之處在此。

章實齋《丙辰札記》說《三國演義》「七分事實，三分虛構，以致觀者往往為其所惑亂。」的確如此，當年初治陳壽《三國志》，因為先前讀過《三國演義》，又會哼幾句三國戲，常常發生歷史與想像的混淆。後來以《三國演義》比照裴松之《三國志注》一遍，才劃清歷史與小說的分際。不過，羅貫中《三國演義》的「七分事實」，為讀者提供了一個「青山依舊在，幾度夕陽紅」的實際歷史場景。「三分虛構」又為讀者留下一個「漁樵閒話」的談笑空間，是非常巧妙的安排。

但歷史和小說畢竟不同，讀《三國演義》的人不少，讀陳壽《三國志》的人畢竟不多。在唐代《史記》、《漢書》、《後漢書》與《三國志》，並稱為四史。陳壽的《三國志》六十五卷，寫的是東漢末年至西晉建國前的六十多年的歷史，但首尾相涉出入百載，《三國志》的上限和下限，和東漢與西晉相互重疊。《三國志》雖然是斷代史，但寫作形式比較特殊。因為在同一個歷史時期中，魏、蜀、吳三個政權並存，其名曰《三國志》，換句現代話說，就是一國有三個政治實體。不過，問題就出在這裡，陳壽《三國志》以曹魏為正統，羅貫中《三國演義》以蜀漢為正統。形成兩種不同的敘述立場。

所謂正統問題，簡單說天無二日，地無二主，也就是在同一個時期內，祇能有一個合法的政權，這是中國傳統史學寫作非常堅持的。雖然這個問題現在已經不存在了，但對我們當前的處境而言，卻是一個非常現實的政治問題。後人對《三國志》責難最多的地方，就是以曹魏為正統。曹魏諸帝入紀，吳蜀君主則為傳。東晉習鑿齒的《漢晉春秋》提出異議。《漢晉春秋》起於漢光武帝，至於西晉愍帝。三國時期以蜀漢的劉備為正統，魏武曹操為篡逆。這種論點最初贊同的並不多，至宋室南渡，處境與蜀漢相似，朱熹《通鑑綱目》開始以蜀漢為正統，以後多採此說。羅貫中的《三國演義》，就以帝蜀寇魏的立場說三國，於是，曹操奸白的臉譜就出現了。

《三國演義》裡的曹操臉譜，因南陽許劭對他的品評：「子治世之能臣，亂世之奸雄」兩句話而起。這兩句品評的意義，治和亂，能和奸是相對的。治世或亂世是曹操所處的時代。能臣和奸雄指的都是曹操個人，也就是曹操的個性和常人一樣，有善惡兩面。但後世對曹操的批評卻集中在奸雄的一面。不過曹操的能和奸，扣繫在他和漢獻帝的關係上。後來由於正統論的關係，再經過元明戲曲小說的渲染，曹操奸雄的臉譜，在人心目中有了固定的形象。

於是，曹操挾天子、廢皇后、帶劍上朝，都成了亂臣賊子的典型。漸漸地大家忽略了他能臣的一面，曹操利用漢獻帝這塊招牌，統一了北方分裂的局面，並實施屯田恢復混亂後的生產。同時曹氏父子的文采風流，促成建安文學的輝煌成就。而且在當時的情勢下，曹操說他不挾天子，「正不知幾人為王，幾人為帝」。他這樣做卻使漢朝這塊招牌又延續了幾十年，這是能臣的一面，但被定型奸雄的臉譜遮蔽了。

我們現在認識的曹操，都是羅貫中《三國演義》刻畫出來的，京戲「逍遙津」、「捉放曹」、「群英會」裡的曹操，不論換上什麼戲裝，那副奸雄的臉譜是不會改變的。因為毛澤東喜歡曹操，郭沫若最能體察上意，寫了一篇〈蔡文姬的胡笳十八拍〉，為曹操翻案。於是大陸史學界展開了為曹操翻案的風潮，不過，曹操又陷入另一個政治的漩渦。但歷史就是歷史，不能因小說的描繪，或任何政治因素所能改變的。

陳壽索米

《三國志》的作者陳壽，不僅因所謂「正統」的問題，被批評了好幾百年，就是在他撰寫《三國志》之時，也不斷受到非議。

《晉書》陳壽本傳記載了兩件和他撰寫《三國志》有關的事情，並且受到嚴厲的批評。一是對諸葛亮評價的問題，一是丁儀、丁廙兄弟立傳的問題。關於後者，《晉書》〈陳壽傳〉記載：「丁儀、丁廙有盛名於魏，壽謂其子曰：可覓千斛米見與，當為尊公作佳傳。丁不與之，竟不為立傳。」是說丁氏後人，請求陳壽撰寫《三國志》時，為他們的先人立傳，陳壽索米千斛，他們未與，所以陳壽的《三國志》竟沒有為丁儀、丁廙立傳。這是陳壽「索米」的故事。

這則傳說故事，記載在〈陳壽傳〉中，被認為是一個歷史的事實，流傳在魏晉隋唐間。陳壽索米而立傳，對一個史學家，尤其對以太史簡、董狐筆自勵的中國傳統史學家言，是一件非常嚴重的事。因為一個史學家，堅持記載歷史事實的真象，甚至不惜犧牲個人的生命。所以，掌握史筆的史學家，對於歷史事實的追求與記載，是非常嚴肅與神聖的工作。陳壽為立傳而索米，不僅個人的私德有問題，並且玷污了他手握的史筆。因此，引起後世的詬罵。被認為中國史學裁判者的劉知幾，更不能容忍陳壽的這種罪行。他認為陳壽這種行為，簡直是「記言之奸賊，載筆之凶人，雖肆諸朝市，投畀豺狼可也。」也就是斬首示眾，投去餵豺狼。這是劉知幾《史通》對史學家最嚴厲的批判。

丁儀、丁廙和楊修都是曹植的心腹近臣，在曹植與曹丕爭立太子時，盡力為曹植策劃。曹丕取得繼承權後，就將他們殺了。不過，丁氏兄弟頗有文采，清代學者為陳壽平反辯護時，就集中丁氏兄弟文采方面進行討論。他們認為陳壽《三國志》對曹魏的文人，僅為王粲立傳。其他如建安七子的徐幹、陳琳、阮瑀等都附於〈王粲傳〉，而且丁氏兄弟雖略有文采卻是巧言令色之輩，陳壽是不可能為他們立傳的。不過，這些論辯僅解釋陳壽不為丁氏兄弟立傳原因，至於陳壽索米的問題，還是沒有解決。不過，《三國志・魏書・陳思王（曹植）傳》有「文帝即位，誅丁儀、丁廙，並其男口」的記載，既然家裡所有「男口」都被抄斬，丁儀、丁廙到

晉代那裡還有子息，要求陳壽為他們尊人立傳呢？不知清代學者為什麼沒用這條材料，來證明陳壽索米立傳，根本是無稽之談的謠言，而浪費了許多筆墨。

不過，當時將陳壽索米的無稽之談，視為歷史事實，不是沒有原因的，和陳壽的身世和當時的處境有關。陳壽是蜀漢巴西郡安漢縣人，少年師事同郡譙周。譙周是當時著名的經學家。陳壽最初出仕東觀秘書郎，當時宦官黃皓專權，陳壽卓然自立，不依附黃權，因而受到排斥。西元二三六年，魏晉滅蜀，這時陳壽三十一歲，被召到洛陽，兩年後，司馬炎篡魏，建立晉朝。陳壽因受到秘書監張華的賞識，擢升為著作郎，撰寫三國史事。著作郎是清流官，祇有大家世族子弟才可出任，陳壽是亡國之臣，既非世家子弟而任此職，又撰寫當代之史，自然受人猜忌，受到流言中傷，索米立傳祇是其中一端。陳壽處於改朝換代的紊亂之中，既握史筆，又要顧及現實政治的忌諱，下筆之時，就不得不思量再三了。所以，《三國志》裡隱藏著許多隱略迂迴的筆法，待後人尋覓的。但後人不察，而對陳壽的《三國志》，作了許多莫須有的批評。

史學家撰當代之史，為歷史人物立傳，是非常謹慎而嚴肅的。羅貫中《三國演義》那闋〈西江月〉開始寫道：「滾滾長江東逝水，浪花淘盡英雄。」最近幾年，我們這裡有許多人請人寫傳或自己寫傳，企圖將來擠進歷史。但歷史裡那有這麼大的空間，一陣潮汐過後，不知能剩下幾人，最後落到我們手中。記得當年香港也興寫傳記，一巨賈出高價，想請一位專欄作家為他寫傳記，那作家聞之大笑說：「他也想寫傳，有沒搞錯，從尖沙咀排隊排到油麻地，也輪不到他！」（按：香港尖沙咀到油麻地，其間相距一兩公里。）

清燉阿堵

自從那次飲宴新亭，周侯一句「風景不殊，舉目有山河之異」，逗得大家悲切難抑，相對作楚囚泣，以後誰也沒有邀佳日遊山玩水的興致了，周顗自己也覺得沒趣，整天窩在家裡喝悶酒。他原來酒量就不錯，可以一飲二石，現在更是借酒澆愁愁更愁了，每次必狂飲，每次必醉，有時一醉就是兩三天。一次有故人從江北來，離亂相聚，倍覺親切，於是兩人放懷暢飲之後都醉了，等他酒醒之後，發現他的故人已經醉死。

一天他宿酒乍醒，王導過訪，兩個人依靠在胡床上，王導枕著周顗的大腿，就閒聊起來。談到前代的繁華，不勝嚮往。忽然，王導若有所思的摸摸周顗挺起的肚皮說：「伯仁，你的肚子好大，裡面盛了不少酒，酒和佳餚是不可分的，不知你吃過王武子家裡那道名菜沒有？」

「沒有。」周顗用拂塵掃下飛在空中的蒼蠅，說：「不過，這是道名菜，大家傳說很久了，把㹠放在琉璃器裡，用人乳浸滿，隔水用文火慢慢蒸，味道一定鮮美無比。」

「唉，咱們都沒有這個口福了。」王導喟然而嘆道：「別說是人乳蒸㹠了——連㹠都難見到，當初今上初鎮建業的時候，能得一㹠都算珍膳了，尤其㹠頂上的那臠肉最美，我們都捨不得吃，獻給今上，所以稱為禁臠。」

「吃不是件簡單的事，必須有條件的。」

「還得有條件嗎？」王導不解的說。

「那是自然，必須有錢有閒，而且還得好吃，會吃！」

「那麼，前代的石崇這幾個條件都夠得上了。那次他請客人喝豆粥，臘月天氣，要摻韭蓱齏，伯仁，韭蓱齏怎麼做法？」

「王公，對於吃，你就不在行了，蓱的葉子是青白色的，它的莖像筷子那麼粗細，很嫩，很脆，可以拿來生吃，可以燉了吃。石崇的那種吃法，是用鹽醬和了，就像咱們涮羊肉沾的韭菜花醬差不多，平常不算什麼，不過，冬天要新鮮的，那就要費價錢了。」

「真是吃得奇，吃得巧，而且吃的是錢。」

「那是自然，他們吃的就是錢，前朝何曾的公子何劭，每天的菜錢是萬錢，還覺得沒有下筷子的地方。」

「豪華，豪華，」王導突然坐起身來，手扶著胡几說：「伯仁，現在咱們閒著也是閒著，不如擬個菜單玩玩吧。」

「那敢情好，現在擬好了，將來有機會照單抓藥，也可豪華一番。王公，你看人參燉鰻魚如何？」

「好是好，可能太貴了，現在的市價大概要萬錢吧。」

「這道菜貴，有貴的道理，聽說鰻是肉食動物，尤喜食人肉，飼以人肉的鰻魚才能長得特別肥，特別鮮嫩。你想，人肉有價嗎？當然得有個貴價錢。」

「聽說龍門排翅市價也要八千錢了，怎麼樣，也來一個吧？」

「好。我寫上，不知這道菜怎麼做法，不過，我歡喜這個名字，龍門二字雅得緊。」周顗提筆來寫在帛子上，然後又望著王導說：「王公，你不是挺喜歡吃圓菜嗎？我看咱們就來個清蒸裙邊吧，價錢比上面兩道都便宜，聽說祇要四千錢就行了。」

「不錯，這也是名菜。」王導舔了舔嘴唇，接著說：「伯仁，秋風起兮，洋澄湖大閘蟹該上市了，咱們來盤炒蟹腳吧，便宜，祇要兩千錢。」

「王公，說你不懂得吃，你真不懂得吃。執蟹賞菊是雅事，要吃大閘蟹，所謂『九月團臍十月尖』，吃的是黃，是膏，誰吃那乾硬的蟹腳？」

「蟹腳吃起來方便，省得用夾子挑來挑去，這樣算算多少錢了？」

「人參燉蘆鰻——」周顗伸縮著指頭算著，「萬錢，龍門排翅八千，清蒸裙邊四千錢，炒蟹腳兩千，合起來一共兩萬四千錢……」

「哈……」王導捋著鬍子笑起來，「兩萬四千錢，就不讓前代諸公專美了。」

「反正吃的是錢，何不乾脆來個清燉阿堵。」

「清燉阿堵？」王導疑惑地看著周顗。

「阿堵，就是錢。」周顗提高了嗓子說：「這道菜是我剛剛想到的，過去我們不是有金銀腿這道菜嗎？現在加以改良，用火方，鮮蹄，文火慢燉，然後傾入萬錢，錢多少悉聽尊意，你傾入十萬也可以，加蓋密封，四周貼以棉紙，以防走氣，然後，在炭火慢燉一夜，吃的時候當眾啟封。火方是紅的，鮮蹄是白的，原來金銀腿的汁是乳白的，現在再加阿堵一萬，阿堵的銅鏽是綠的，經過一夜的文火慢燉，汁就變成翠綠的了。」

「妙，妙，妙！」王導一巴掌拍在周顗的大腿上：「這的確是一道色味香的絕妙好菜，而且又有銅臭味，真是名副其實的吃錢了，不過，伯仁，還沒有甜菜呀！」

「甜菜嗎？我看就來個蓮子小黃魚湯吧。」

「不妥，小黃魚怎麼能和蓮子作湯？」王導搖搖頭表示反對。

「王公，十兩的金條不是叫黃魚嗎？小黃魚就是一兩重的小金條，黃澄澄的小金條，和白肥肥的蓮子一起作湯，再加上幾顆紅紅的櫻桃浮在上面，不是相映成趣嗎？」

「這種小黃魚怎麼吃得動？」

「不是吃，是撈，誰撈到是誰的。」

「好，酒醉飯飽以後，還有東西帶回家做紀念品……」

他兩人談得興起，竟忘了日已西斜，又到了該吃的時候了。

容人之量

《世說新語》有段記載說，王導枕著周顗的膝蓋頭（大概他們是躺在胡床上），指著周顗的肚皮說：「這裡面裝著些啥玩意？」周顗答道：「裡面空空的啥也沒有，但卻能容得下你們好幾百人。」

魏晉南北朝也是個亂世，但生活在那個時代裡的人，肚子裡除了會盛酒之外，還有容人之量。周顗應該可以算是一個，他頗放達，過江之後，他常常狂飲，一喝就是一二石，有時一醉就三天不醒，當時人稱他是「三日僕射」。王導就說他，「你想學阮籍嵇康嗎？」他在江左很有盛名，與戴若思並稱南北之秀。可是他二弟周嵩卻從心眼裡不服氣，一次周嵩也喝醉了，瞪著眼睛望著周顗說：「你明明才不如我，卻偏偏橫得這麼大的虛名。」說著就舉著蠟

燭向他大哥擲去。周顗笑著說：「老二真冒火了，竟用火攻！」可見周顗肚子除了裝滿酒外，的確還有容得下好幾百人的雅量。

可是，這種容人的雅量，在我們生活的這個時代，卻漸漸消逝了。社會各階層，各個工作崗位，祇要有人的地方，這種容人的雅量都有消逝的跡象，尤其在學術界裡表現得更鮮明。原來學術界是一片遼闊的園囿，任你馳騁，任你優游，該是一個與世無爭，與人無爭的地方。可是現在卻分割成許多不同的勢力範圍，而且在這個勢力範圍裡，祇許他一個人唯我獨尊的存在，他是這個王國裡唯一的統治者，如果誰想走進他已劃定的範圍，他就開始要作自衛性的攻擊，毫不容情。這和搞學術研究人的工作環境有關。因為他們整天徘徊於斗室之內，埋首於故紙之中，很少有機會看看窗外的世界，日久天長便產生了一種幻覺，總認為自己是武林第一高手，既然自認為自己是武林第一高手了，除了自己外，當然就很難再有容人之量了。不過，這種現象除了學術界本身的原因之外，我們生活的空間太擠，也是一個主要的因素。

擠，我們這裡實在是太擠了。

我們這裡原來生活的空間就不夠大，現在我們所看到的，是滿街洶湧的人頭，一輛接一輛喝醉的汽車。因此，每次我路過萬華，尤其在華燈初上時刻，總會到龍山寺攤販市場後面那一塊空地上張望一番。這裡在沒有改建的時候，是一個三角公園，萬華附近的老年人，每天都會到這裡來聚聚。回憶他們年輕時候，這裡一片遼闊的田野，晚風吹來的禾香裡滲著一些泥土的芬芳，還有廟會時唱草臺的鑼鼓聲喧……現在他們僅有的這點回憶也失去了。他們默默地麕集在這裡，有的無奈地垂著頭，有的若有所思地舉目望著頭頂上那一小片灰黯的天空裡，閃爍的霓虹燈的光芒。是的，那些原來讓他們優游自在的天地，現在已經消失了，永遠再也找不回來了。

擠，當然不是祇擠在這一個地方，不論在什麼地方都擠，趕著擠公共汽車，擠著買電影票，即使上館子吃飯，酒還沒有過三巡，就有人站在你的桌子旁邊，等著擠你的位子了。這樣擠來擠去，把我們傳統的禮讓都擠跑了，濃厚的人情味也擠薄了。

你擠我，我擠你，最後把自己的心胸也擠窄了，除了自己再也容不下別人，總是想往上擠，想用腳去踩別人的背脊。設法去找別人臉上的灰，有金就往自己臉上貼，卻不去照照鏡子，因此，永遠不會發現自己鼻子上竟也塗著一抹白。

因此，使我想起剛伯師說的一段「武俠」來。那個雙眉入鬢，鼻若懸膽，身若玉樹臨風的少年俠士，一日來到一處所在。街上人車熙攘，市面皆是高樓華廈，都建造得十分堂皇，男女衣著甚是富麗，個個俊秀，且又彬彬有禮。祇是此處一切比別處小了許多。心中好生納悶，便蹲下身去，請了兩位白髮蒼蒼的長者，置於掌中，詢問他們為何落得這般光景？一位長者朗聲道：「客官有所不知，敝處原先也似貴處一般，祇因居處狹窄，你擠過來，我擠過去，擠來擠去，人的心胸也擠得狹窄了。」另一位長者又言道：「人的心胸一窄，身子就跟著縮小了。世代相傳，一代小似一代，才變得如今這等模樣，現在我們心胸窄得連一顆芝麻都容不下了。」

難道我們將來也會擠成那樣？

返棹

（吳鍾巒）觴余於鯨背之上，落日狂濤，淒然相對，但覺從古興亡，交集此時……及余返棹，先生駕三板船送別三十里以外，至今惻惻……

——黃宗羲〈思舊錄〉

黃太沖獨立船尾，十一月的海上，竟有這樣風平浪靜的日子。湛藍的天，湛藍的海，還有幾隻逐船而翔的白色海鳥。他遙望著吳霞州乘的舢板，漸漸在海天相接蒼茫處，凝成一個小黑點。驀然那小黑點翻入波浪中。他突然感到一陣哽咽，兩行清淚順著他的面頰流了下來。雖然這些年他胸中鬱積著萬頃的悲憤和淒愴，但卻強抑著。因為他知道縱有千行淚，也無暇無處可供揮彈。當然，他是哭過的，他為了家事國事，曾悲慟地痛哭過。

那是崇禎元年五月，黃太沖為了給父親雪冤，與閹黨餘孽許顯純對簿刑部公堂。他突然舉起藏在袖裡鐵錐，向許顯純錐刺過去，刺得許顯純滿體流血。後來沉冤得雪。他和同難諸弟子，在獄門奠祭亡魂。黃太沖在室內香煙繚繞、門外淒風霾雨伴和下，捧讀祭文。祭文還沒讀到一半，他們大家都號啕狂哭起來。那哭聲有他們抑壓的悲憤，像夏日午後迸發出的鬱雷，越過宮牆，一直傳到崇禎居住的後宮。崇禎聽了惻然地說：「這是忠臣孤子的哭聲呵！」

另一次，他在海上，陪伴御史馮京第到日本乞師，繫留在長崎藝妓館中。他倚著玄關的屏門，悵望著月影下的庭院。庭院寂寂，偶爾有寒蟄的唧叫。他仰望夜空裡一輪孤月，那月色一似他故國海上的明月。他又望著池旁亭榭間，懸著的幾隻白色的紙燈籠，在月光的清輝裡，顯得格外淒清。他更回首室內，金色紙屏處飄拂的綾幔間，幾盞彩色的琉璃燈，發散著輕柔的光亮。透過那光亮，他清晰地聽見隔間傳來藝妓們嬌俏的笑，和著低瘖的琵琶聲，還有乞師使臣酒後的喧嘩……他坐在那裡，突然想到乘船來時海上的狂浪，和被浪花濺濕衣衫。於是，他把臉伏在雙手環抱的膝間，淚水像浪花迸散的水珠，滂沱地流下來。他搐動雙肩，悲慟地痛哭起來。後來感到有人在他肩頭輕拍。他抬起滿臉淚痕望去，一個雛妓站在他身旁，迷惑不解地望著他。從寬大的袖籠裡，掏出一方絲巾遞給他，他擺擺手說聲謝了。然後用自己的衣袖將自己的眼淚擦乾。

還有一次，清兵渡錢塘，黃太沖集合黃竹浦子弟數百人隨軍，江上人稱呼他們為世忠營。他在前線，輾轉得到他老師劉宗周決定絕粒殉國的消息。這位陽明學最後殿軍的浙東大儒，不願做河山破碎後的亡國之民，作了這個決絕的決定。黃太沖匆匆登程，徒步趕了兩百多里，翻越過崎嶇的山徑，來到劉宗周避難的山村。山村靜悄悄的，村民往來的步履輕輕的，說話的語調也低低的，唯恐什麼吵雜的聲音，就會帶走這位已二十天滴水未進的老人。這種悲愴欲涕的氣氛，緊壓在山村每一個人沉重的心頭。

黃太沖推開柴扉進入院中，廣蔽的院中環立著許多人，個個低頭垂手肅穆地立著。他望著虛掩的堂屋門外，有一株開放的榴花，在五月的陽光下火紅似血。他悄悄推門進屋，劉宗周靜靜臥躺在匡床上，蒼蒼白髮散滿一枕、一雙削瘦臉上深陷的眼睛微閉，手中的羽毛扇，在他起伏的胸前輕輕揮動著。黃太沖在床邊靜靜侍立著，終於劉宗周睜開了眼睛，默默地注視著他，一如當日坐帳講學時那樣注視著他。但現在卻一言不發，祇是默默注視著他。黃太沖跪倒在地，緩緩向劉宗周訴說前線抗清的情形。劉宗周聽罷微微頷首，手中的羽毛扇輕輕一揮，又閉上了眼睛。黃太沖強忍著滿眶的淚水，向躺在床上的老師叩了個頭，然後站起身來走出門外。門外的陽光照在他睫毛上凝結的淚珠上。但他卻無暇揩抹，因為他要再趕到前線的陣地去。

是的，他曾痛哭過，他曾悲泣過，但卻沒有剛剛和吳霞州相別時，哭得那麼絕望，那麼無助……

這幾年他和吳霞州浮於海上，雖然他們內心都知道，他們所努力的事業是不可為的，但還是堅持下去。吳霞州是個自視很高的人，當年他品題天下士，放眼海內也不上廿人，而黃太沖卻在其中。後來黃太沖率領四明山寨的弟兄轉進海上，他們才在狂濤駭浪中相遇，成了患難中的至交。雖然他們侷於海上，但仍抵膝舟中，談家國事，論往聖學，在百無聊賴裡推演中西曆算。

有時他們也會將船泊在附近的荒島，攜酒登岸，共看白雲蒼海。

「霞公，你看這棋下一步，如何走法？」黃太沖在松樹下獨自擺著棋陣，吳霞州背手眺望著海上漁舟的點點白帆，聞聲轉過頭來，看著黃太沖低頭沉思，陽光透過濃蔭的松枝，一叢光芒散落在身上和棋盤上。吳霞州走了過來，低頭凝視了一會，然後深深嘆了一口氣道：

「老弟，你就是歡喜擺這樣無法解救的棋陣。這棋陣就像你我今日的處境一樣，明知其不可為而為之。你我都在其中，唯有盡人聽天了。」吳霞州說著，踱到崖岸邊的大石旁坐下，石上置著他們還沒有飲盡的酒，端起來啜了一口，然後說：

「你何不放下那手棋，過來暫且飲兩杯。」

黃太沖聞言，一笑而起，拍了拍衣衫上沾的塵土，走過來在一旁坐定。侍立在旁的僮兒為他酌滿了一盅酒，他舉杯一飲而盡。然後望著海上的波濤，一陣陣向他們坐的岸上湧來，碰擊著岸邊岩石，剎那間迸散萬千朵浪花，不由他想起東坡的赤壁懷古來，於是轉頭向正在閉目養神的吳霞州說：

「霞公，浪花淘盡英雄呵……」

吳霞州睜開眼睛，微笑地望著他說：

「古來今往又能有幾多英雄，經得起浪花來淘呢？」

黃太沖聽罷，跟著又重複了一句吳霞州所說的：「又能有幾多英雄，經得起浪花來淘呢？」說著他笑了起來。但那笑容隨即在他臉上凝住，轉化成一層迷濛的霧。在那層迷濛的霧裡，歷史和他生活的現實交織在一起。最後他發現自己不是一個英雄，祇是個徘徊在歷史邊緣的人，卻被歷史的浪花濺濕了。他想他不是一個站在岸邊看潮來潮去的人。他必須將這段苦難的經歷記錄下來，免得這串血淚，最後淪落到漁樵閒話裡去。他凝視著海上，一輪似火的落日，緩緩地汲入波濤中，落日餘暉燃燒出的滿天彩霞，映在翻騰的海裡，將浮動的海面點染得一片金紅……

黃太沖獨立船尾，望著平滑似鏡的海面，心裡卻有刀絞的疼痛，剛和吳霞州嗚咽在波濤中。當他接到家書說他名籍在海上，老母因而被拘，他側轉難安，於是對吳霞州說：

「主上以忠臣之後仗我，這是我棲棲不忍去的原因，如今遭此家難，我方寸已亂……。」

吳霞州沉思了半晌說：「我看你還是先回去吧，我們稟明監國再說。」

於是，黃太沖變姓名，準備潛行歸家。吳霞州把臂相送，他們在舟中無言相對，一程又一程地送了三十里，他們在茫茫的大海中相別。在茫茫的大海裡，他們顯得那麼渺小，那麼孤立無助，除了相擁哽咽外，再找不出一句話可說了。

嵇康過年

鵝毛似的飛絮已歇，嵇康兀坐在窗前，透過窗櫺的空隙，有似箭的寒風射進來。但他卻也從那空隙裡，窺視著庭院外那片遼闊的竹林。每當七月薰風吹拂時，這裡是一片碧綠的海。在起伏的波濤下，有書聲琴韻，有爭得面紅耳赤的談辯，有醉後的囈語，偶爾也會揚起高亢激昂的呼嘯，還雜加著鍛鐵的叮噹聲……現在卻被厚厚的瑞雪覆蓋了。一陣朔風呼嘯而過，彈碎枝葉上的雪，悄悄地寂寂地跌在蠻白的雪地上，在這蒼涼單調的白色裡，除了簷下幾聲麻雀的啾啁，留下的祇是亙古的沉寂。

低沉的彤雲像飄揚在塞上的旗幟，被風翻捲著，竟掀起了今年最後的黃昏。夕陽的餘暉映紅了白色的竹林，「怎麼，一年又這樣過去了！」嵇康輕輕地嘆喟著。然後他站起身，把掛在牆上長久沒有彈的琴取下來，拂了拂附在琴上的飄塵，擱在几上，踞坐著撥弄起來。「彈什麼好呢？」他想。還是彈一闋「廣陵散」吧。於是他用熟練的撥剌拂滾指法，撫動著商絃和宮絃，兩根琴絃同時發出宏渾低沉的共鳴。突然他的手指在琴絃上凝住了，接著他又深深地嘆了口氣。他想如果有阮嗣宗的琴，阮仲容的琵琶相和，再加上劉伯倫醉後唱的那段不合節拍的「投劍」，就熱鬧多了，現在他們又在那裡？剛浮在他削瘦枯槁臉上那絲笑意，像窗外那抹夕陽，頃刻間又被風吹散了。「人生真是聚散無常。」他低低地說。

他又站了起來，披上一件褐衣，下了炕穿上屐，走到廳堂裡來，廳堂裡寂寂，但卻收拾得乾乾淨淨，連他們嵇氏祖先的神主牌都擦亮了。看著那供在堂廳正中的神主牌，他不覺笑了起來。想想他的祖先一年難得洗幾次臉，祇有這個時候，家裡人才想起它。大概很少人再會想到。祇有他們的祖先原來住在會稽的時候，姓的是奚，後來遷離了會稽，為了不忘本，才創了這個嵇字為姓，其實姓什麼都是一樣，都不過是個符號罷了，有和無之間，本來就沒有什麼嚴格的界限的。

他信步走到廚下，廚房裡正鬧哄哄地在忙年。太太指揮著家人大小穿梭著團團轉。灶裡吐著熊熊的火舌，灶上的蒸籠一層層堆得很高，四周冒著團團白白的蒸氣。擴散的蒸氣裡滲著菜餚的香味，嵇康不覺嚥了口吐沫。

「快把小紹和大妞帶走，別在這裡纏人礙事。」他太太忙著在案上揉麵，望著漫漫踱進來的嵇康說。

嵇康轉過頭去，看見他的兒子嵇紹和大女兒正蹲在屋角的小案前，把桃枝和蘆葦紮成小把，身旁散著許多桃枝和乾枯的蘆草。嵇康看著他姊弟倆聚精會神地紮捆著，臉上堆著過年的歡欣。他想過年該是孩子們的事。是的，過年是孩子們的事，對於他似乎已經很遙遠了。不過，還記得小時候過年，也和哥哥嵇喜蹲在小几邊，把桃枝和蘆草紮捆起來，然後在每扇門窗口掛一支，那是可以避百邪的。他哥哥嵇喜總是一遍又一遍地敘述那同一個故事……

「弟弟，你知道嗎？」嵇喜一面把桃枝和蘆草掛在門上，一面對跟在後面的嵇康說：「過年的時候，雞一鳴大家都得起來！」

「咱們那次過年夜裡睡過？」嵇康說。

「我們不睡，是為了等雞啼。人家說在桃都山裡，有棵大桃樹，很大，很大，從根到枝有三千多里。樹頂上蹲著一隻金雞，太陽一冒紅，牠就啼個不停。樹下有兩個神，一個叫鬱，一個叫壘。手裡拿著蘆葦擰成的繩子，專在那裡等待過路的惡鬼。惡鬼來了，就把它用蘆索捆起來殺掉。你知道嗎？」

「我怎麼不知道，你還不是聽那個老蒼頭說的。」嵇康不耐煩地說。

「是呀！那天他還說，要為我們用桃木雕兩個人，一個叫鬱，一個叫壘。頭上再插上雄雞毛，站在大門兩旁，那才好玩呢。」嵇喜說。

「爹說他下鄉收租去了，現在都還沒回來，那有工夫為我們雕。」

「等明年一定讓他為我們雕兩個，現在祇有掛這些了。掛這些也是一樣，一樣可以避邪的。」

「總沒有兩個桃木人好玩。」

想著想著，嵇康抖落了一身的蕭索，也感染了年的歡樂。於是，他說：

「大妞，快到外面給我屋裡炕添點火，兒子把那支木棒拿來，到我屋裡去，我蘸著葦炭，給你們畫個大老虎，貼在門上，可以避各種厲鬼。」

「你還會畫虎。」他太太笑著說。「我看畫虎不成反類犬吧。」

「不管像什麼，祇要我心裡認為它是虎就成了，走，兒子。」嵇康說著就往外走。

「你爹三個，等會別忘了喝桃湯，那倒是真的可以避各種邪氣，抵制百鬼的。」

「知道了。」

「還有，還有……」她沒說完，嵇康已經走遠了。

嵇康把虎畫好，叫兒子把那隻瘦得像病貓似的虎，貼在堂屋的大門上，然後走到灶下，捉了隻公雞，提著菜刀，站在堂屋門前，「兒子，大妞，站遠點，我要磔雞了。」他對站在身後的一對兒女說。話還沒有說完，一刀就把雞頭剁下來，隨即將掙扎的雞向上一舉，雞血濺在門上那張虎畫上，然後將雞向階下一拋，雞還在顫動著，最後兩條腿一挺，靜靜地躺在雪地上，殷紅的血點點滴滴灑在雪地上凝固了。然後又對他的孩子說：

「明天初一是雞日，初二是狗日，初三是羊日，初四是豬日，初五是牛日，初六是馬日。這一天就不能殺這些生畜，還得把灰和著粟豆撒在屋裡，招牠們進屋過年。初七就是人日，這一天照理是不能處決囚犯的。」

「爹，那雞好可憐。」大妞望著雞說。

「別說了，快把雞提給你媽，」嵇康說：「別忘了向你媽要些芝麻、赤豆、乾薑撒到井裡，過了年喝井水，可以防百病。」

嵇康回到屋裡，嵇紹拿了一串錢跑進來，喘著說：

「爹，媽說把這串錢繫在床腳上，許個好願。」

「有什麼願好許？」嵇康一面說著，一面把錢繫到床腳上。「真是婦人之見。」他說到「婦人之見」時，不覺笑了起來。今年夏天劉伯倫到竹林來，說他去年過年時，怕暴飲壞了身子，他太太逼他戒酒。劉伯倫就說戒酒可以，必須備些酒菜在神前起誓，從此以後再也不喝酒了。於是他太太高高興興準備了酒菜，劉伯倫便跪在神前起誓說：

「天生劉伶，以酒為名，一飲一斛，五斗解醒，婦人之言，慎不可聽。」起罷誓，就把酒肉喝光吃光。嵇康想著想著忍不住大笑起來，站在身邊的嵇紹呆呆地看他，等他笑罷才說：

「媽說，要您準備降神，祭祖呢。」

嵇康換了件衣裳走出屋裡，看堂屋裡香燭已經點燃，家裡大小都在等著他。他就率領著家小向神和祖先叩首。然後又和他太太坐下，接受家人大小的拜叩。行過禮，就開始吃年夜飯了。嵇康先酌了椒花酒，端起來聞了一下說：

「今年的椒花酒泡得不錯。」

「椒花是去年過年時採的，柏子是今年七月收的，泡了這麼久，那能不香。」他太太說。

「柏子的味道的確香，麝就是吃柏實長大的，所以才生麝香。泡得不多，留些給劉伯倫喝。」

「還有好幾石呢，夠那個以房屋為衣褲的劉伶，醉好多天的。你先喝點嘗嘗。」

「今天不行，今天是過年，照規矩得小紹先喝，他年紀最小，先喝一杯，賀他得歲，然後你們一個一個依次喝。我最後喝，因為我年紀最老，我喝是悲我又失去一歲的光陰。」嵇康把酒杯擱下，望著嵇紹皺著眉頭喝下第一杯椒花酒，然後吐舌頭吹氣說：「好辣！」

吃罷年夜飯，嵇康的太太，吩咐下人把吃剩的菜餚，都倒在大門外的大路上去。這樣就算除舊迎新了。

嵇紹拉著已有七分醉意的父親嚷著：

「爹，開始庭燎吧！」

「不！」嵇康醉眼惺忪地望著他兒子說：「我得先問問你，為啥要庭燎？」

「爹不是說過，」嵇紹急促地說：「東方朔的《神異經》裡所講的，西方深山裡有一種叫山臊的惡鬼，雖然衹有尺把長，如果人被它侵擾了，就會生忽冷忽熱的病。衹是它最怕爆竹的響聲，爆竹一響就把它嚇跑了。除了山臊還有其他的鬼，所以，還得把枯草堆起來，在庭院燃燒，等熊熊的火光燎起，所有的鬼都嚇跑了。」

「對，對。」嵇康扶著嵇紹的肩膀，踉蹌地朝外走。

庭院的燎火已經點燃了，紅色的火舌在北風煽動下，向四處奔竄延展，映得四周的雪地似酒後的酡紅一片。嵇康凝視著躍動的火燭，一股原始的衝動突然在他心裡燎原燃起，他想高聲嘯叫，就像那次他入山採藥，在汲郡英北山懸岩百仞的鬱鬱叢林裡，遇見在那裡隱居的孫登，嵇康就留下來和他一塊生活，兩個人共同生活了沉默的三年後，嵇康要走了，忍不住

開口對孫登說：

「我要走了，難道您一句臨別贈言都沒有？」

「你知道火燒起來會發光嗎？」倚靠著山岩箕坐的孫登睜開了微閉的眼睛，注視嵇康好一會，才沒頭沒尾的說：「火不用還是照樣亮，人的才情也是一樣。不過，火的光靠柴薪保持，人的才情就在於有識無識了。你呀，你是才多識寡！」接著孫登就由箕而蹲，高聲嘯叫起來，那嘯聲綿綿不絕從他丹田吐出來，越過叢林，擴散到整個山谷，山谷裡激盪他嘯叫的迴聲；那迴聲感染了嵇康，嵇康也隨著嘯叫起來。那嘯聲突然解開了嵇康心裡的死結，剎那間超越了名利和物情，抓住了永恆的生命。於是嘯聲戛然而止，連一聲「後會」也沒說，離開沉默生活了三年的巖穴，揚長而去。

幾聲爆裂的薪柴和枯竹聲，撕碎了他的沉思。他抬起頭來，看到濃濁的煙霧彌漫了整個庭院。煙霧外是竹林朦朦的影子。他彷彿看到堆著滿臉笑容的山濤向他走來。想到山濤，他心裡多少有點歉意，今年夏天，山濤興沖沖來到竹林，告訴大家他又要遷升了，並且說要推荐嵇康出任他遺下的選曹郎。嵇康正和阮籍在那株樹下打鐵，聽到山濤的話，心裡很不高興，就停下工作，扭轉頭來對山濤說：

「官家的事，我是幹不了的。」

「怎麼幹不了，我看你倒滿適合的。」山濤笑著說。

嵇康彎下身子，在旁邊小池子裡掬了一把水向臉上一抹，抹去了滿臉的汗珠，走過來，找了老樹的椏枝坐下，對山濤說：

「當然，我幹不了。第一我歡喜睡懶覺，有晚起的習慣。我睡著了任誰也喊不醒，我沒法定時上班。第二，我歡喜抱著我那把破琴，四處走動吟唱，又歡喜去雜草叢生的河邊釣魚。當了官，走到那裡都有個隨從跟在後面，破壞了我的情趣，我沒法忍受。第三，當官得穿朝服，穿上朝服麻煩就多了，得正襟危坐，不能搖不能晃，坐久了屁股就發麻。再說我身上向來蝨子多，裹上朝服，我就失去擠蝨子的樂趣，還得向上官作揖禮拜，我受不了。第四，我向來不歡喜提筆寫字，當了官閒事多就得提筆批閱堆得滿案的公文，再說人家來了八行書，就得覆，如果不酬答，就會被指責犯教傷義。勉強自己做官，做了一會就煩了。」

「還有沒有？」山濤仰著臉問。

「還多得很，第五，我不喜歡弔喪，但大家卻偏偏注意這種俗套，當了官就免不了這種俗套，如果不去，就被人怨恨的惡意中傷。雖然我也常常自責，但生性如此，改不了，沒辦法。第六，我向來不歡喜俗人，既然當了官，就免不了和那些俗人共事，滿座的賓客，聒耳不休的談話，眼前又是低俗歌舞，這也是我無法忍受的。第七，當了官雞毛蒜皮的事都管，我遇到這些事就不耐煩……」

「這些都是你個人的瑣事，都是小事。」山濤說。

「瑣瑣小事，還有大事呢，我常常歡喜批評湯武，菲薄孔周，這是禮教萬萬難容的。我的脾氣又特別剛直，疾惡如仇，歡喜輕率直言，遇到事一觸就爆，這是別人無法忍受的。」

「這些都好商量的，祇要你答應幹，什麼事都可以解決的。」

「我看，你還是饒饒我吧，祇希望做一介草民，居於陋巷之中，濁酒一杯，彈琴一曲，能和親舊敘敘家常和朋友說說平生，就心滿意足了。」嵇康順手端起身邊几上的一杯酒，一飲而盡。「山公，不要再逼我，再逼我，就算你沒有我這個朋友。」

「真有那麼嚴重嗎？」

嵇康點點頭沒有回答，又回去和等在那裡的阮籍叮噹叮噹地捶起鐵來。後來山濤走了，不久又來信催他，嵇康寫了封信，把在竹林裡說的話，更具體重說了一遍。就和山濤絕交了。

嵇康對自己這樣任性而失去了個老朋友，心裡想起來就有點不舒服。他想，現在山濤大概正跪在殿前的階上，賀皇帝的萬歲正旦吧？

「你媽呢？」嵇康向站在他身旁的女兒說。

「媽為我們準備明天一大早吃的生雞蛋，膠花糖，五辛菓去了。」

「過年就是吃，想盡了方法吃，我看總有人會把肚子吃壞的。」嵇康自言自語地說。一陣北風迎面撲來，吹醒了他幾分酒意，他想他該去彈彈琴，那闋「廣陵散」，要很長的時間才能彈完，雖然知音都在關山外，他還是要彈給他們聽的。

江瀾——寫給九七

聚散憑今夕，歡愁并一身；
與君宵對榻，三度雨翻萍。
去國桃千樹，憂時突再薪，
不辭京口月，肝膽醉輪囷。

——魏源〈江口晤林少穆制府〉

林則徐一夜輾轉未眠。先是聽簷外的淅淅雨，後來雨歇，月光的清輝，映著滿窗的松影。最後月移影散，灰白的曙光，又悄悄抹上窗紙。於是，林則徐披衣而起，透過對榻的珠紗羅帳，隱隱看到魏源酣睡正甜。林則徐低笑一聲：「默深醉了，累了。」悄悄推開房門，出得廳堂，繞過畫廊，緩步走到昨夜和魏源觀月的聽瀾亭來。

林則徐在亭內沁涼的石凳坐定，一陣被昨夜雨水洗刷的松針清香，在早晨的微風裡迎面吹來。江上茫茫一片，在茫茫的水天一線處，隱隱出現幾叢灰黯的雲朵，沉浮在江瀾中。在層累的雲朵間，有幾許透亮的白光正漸漸擴大，已是破曉時分了。江瀾輕聲拍岸，和著林間早醒鳥隻的啁啁，還有臨近農家的雞啼，焦山禪寺早課的晨鐘也跟著響起……林則徐深深舒了一口氣，心想這些日子突發或偶發的事情，接踵而來，很難有一個獨處的機會細想。現在孤身獨坐江濱，的確是一個梳理思緒的機會。

一

先是去年，道光二十年（一八四〇年），最初琦善任欽差自天津啟程南下，同時林則徐在廣州也接到上諭，譴責他和閩浙總督鄧廷楨「誤國病民，處理不當」，革去其職，並命鄧廷楨即赴廣州，與林則徐共同「以備查問原委」。但未及半月，林則徐又接到吏部傳來的公文：「奉諭旨交部嚴加議處，來京聽候部議。」林則徐立即整理行裝，準備啟程。就在動身的前夕，又接到吏部轉來的上諭，命林則徐「折回廣州，以備查問」。

自此以後，有大半年的時間，林則徐以待罪臣之身，紲繫羊城。當是時，戰雲密布，但朝廷和戰舉棋不定。林則徐雖內心焦急，卻無處著力。他寫信給他親戚葉小庚就說：「辰下羈滯羊城，聽候查問。如何蒙聖恩永回故里，養痾營墓，正愜夙懷。」林則徐自逐紛紜之外，杜門謝客。這年在廣州渡歲，顯得格外冷清。寫下〈庚子歲暮雜感〉四首五言律詩，其中一首：「病骨悲殘歲，歸心落暮潮。正聞烽火急，休道海門遙。蜃市連雲幻，鯨濤挾雨驕。舊慚持漢節，才薄負中朝。」心情落寞蕭瑟是可以想見的。

所以，林則徐急於離開廣州，甚至上疏請求到浙江前線效命。後來終於盼到了。林則徐奉到上諭：「降為四品卿銜，速赴浙江鎮海，聽候諭旨」。於是，林則徐立即自天字碼頭登舟，離開廣州，直馳鎮海前線，協助兩江總督裕謙，處理軍務。但林則徐到鎮海祇有三十三天，就接到「革去四品卿銜，從重發往伊犁，效力贖罪。即由該處解，以為廢弛營務者戒。」同時被發配的還有閩浙總督鄧廷楨。鄧廷楨原任兩廣總督，在印信交給林則徐後，即調任閩浙總督。鄧廷楨在赴福建任所途中，寫了首〈酷相思・寄懷少穆〉的詞給林則徐：「五百佳期未過也，但吹笳，催千騎，看珠海盈盈分兩地。君往矣，緣何意？召緩征和醫並至。眼下病，肩頭事，怕愁重如春擔不起。儂去也，心應碎！君往也，心應醉！」此後，林則徐和鄧廷楨成為禁煙與並肩作戰的同志和戰友。

林則徐接到發配的上諭後，由鎮海登舟，沿甬江，經梅市到寧波，然後經姚江，過慈溪，取道餘杭，經富春江到杭州。準備在杭州安置家眷與添置赴戍的行裝，稍事停留，待暑盡天氣轉涼，再從杭州啟程赴戍所。林則徐船過富春江，觀看青山碧水，心情一暢。並在嚴子陵釣磯下停泊，憑弔這位自我放逐的前輩古人。回到舟中寫了封信給鄧廷楨說：「患難兄弟，相依為命。」當時羈滯廣州的鄧廷楨，接到發配伊犁的上諭後，即刻登程。在途中接到林則徐的信，覆信說：「今日之事，雖意外，而細思之，似亦意中。惟崦嵫景短，關塞路長，此後茫茫殊難逆計耳。」並約定彼此在秦中相候，然後結伴出關。

林則徐寫了給鄧廷楨的信，又踱出艙來。此刻夜已深沉，一輪皓月當空，月光映在江中，被緩緩的流水穿過，化成碎銀片片。林則徐佇立船頭四望，群山穆穆，衹有江流拍擊船舷的輕響，突然一陣難抑的悲涼湧上心頭。想起去年中秋，關天培陪他校檢沙角的防務，並和營中弟兄度節，酒後在沙角砲臺賞月。群山環抱的沙角海面，在月光下平滑如鏡。港灣裡停泊的艦艇，桅竿上的串串燈火，和夜空裡的繁星相映。岸上刁斗森嚴，架置在垛口上的巨炮，已褪下炮衣，炮口冷冷地對著泛起銀色波紋的海面。林則徐思潮澎湃，寫下一首七言長詩，其中有「森森寒芒動星斗，光射龍穴龍為愁；蠻煙一掃海如鏡，清氣長此留炎州」。雖然豪情萬頃，但歸去後想想，這場戰爭勝負未卜，不知前途如何。不過，不論結果如何，林則徐盼望戰爭結束後能歸隱田園。於是，又寫下另一首七絕：「今年此夕銷百憂，明年此夕相對否；留詩準備別後憶，事定吾欲歸田疇。」「事定吾欲歸田疇」？沒有想到還不到一年，這卑微的願望不僅無法實現，反而被充軍發配萬里之外，思之泫然欲涕。

二

林則徐在杭州，雖有故舊設宴贈詩，送他遠行。但他仍然無法揮去縈繞心間的謫客愁緒，寫下「詩夢俄驚梁月墮，邊心遙逐塞雲愁；誰知卷裡濡墨客，垂老憑君問戍樓。」至此，林則徐已作好西出陽關的準備了。暑退後，從杭州動身，準備由江蘇、河南，在揚州稍作停留之前，先到京口和魏源會面。

福建侯官的林少穆和湖南邵陽的魏默深，是在北京的宣南詩社結識的。宣南詩社是嘉慶年間，南方出身的小京官組織的詩文團體。前身是吳椿、夏修恕、陶澍、顧純餘等組織消寒詩會。最初祇是同科進士間詩酒唱和的聚會。但由於彼此行蹤不定，或因社友任命出京，難以為繼。後來錢吉儀、賀長齡、陶澍等復起消寒詩社，範圍擴大，參加者不再以同科為限，活動不僅為了消寒，但規定「間旬一舉，集必有詩」的雅集。因為集會的地點在宣武門以南一帶，而稱為宣南詩社。胡承珙〈宣南詩社序〉說：「尊酒流連，談劇間作，時復商榷古今上下，其議論足以祛疑蔽而泯異同，並不獨詩也。」他們集會飲酒吟詩，賞花觀畫；而且都是進士及第出身，皆通經學，有時談論些上下古今的學術問題，偶爾也會發抒一下懷才不遇的心境。但卻很少涉及敏感的現實問題。

林則徐可能是由梁章鉅、李彥章介紹，參加宣南詩社的。當時林則徐任翰林院庶吉士，後來又在清祕處辦事，是個俸祿微薄的小京官。經常入不敷出，交遊不廣，心情非常鬱結憂悶。參加宣南詩社後，為他的生活啟開了另一扇窗子。常披著滿街的風雨，或冒著漫天的飛雪，到宣武門外參加詩酒之會。他有詩寫道「遊宦我憶長安樂，聽雨銅街夢如昨；朝參初罷散鵷鸞，勝侶相攜狎猿鶴，清時易得休沐暇，詩人例有琴尊約，金貂換取玉壺春，斗韻分曹劈雲膜。」另一首詩寫出他實際的生活情況：「四時流序付游屐，有端悲喜歸吟稿，豈無嘆息居不易，臣朔朝飢米難索。室如蝸角車雞棲，衣似西華履東郭，秀句要教出寒餓，高歌未厭填溝壑。」

林則徐初為京官，生活艱困，而且有懷才不遇的落寞，宣南詩社的詩文酒會，也許是苦中作樂聊以解憂的好去處。林則徐在這裡結識了魏源和龔自珍。龔自珍是浙江仁和人，外祖父是乾嘉著名的學者段玉裁。道光九年中進士，在禮部做個小官，仕途並不顯達。魏源嘉慶十八年到北京，屢試不中，先在湖南學政李宗瀚家中任教席，後來捐了個內閣中書舍人候補。

龔自珍、魏源都從劉逢祿習《公羊春秋》，成為著名的今文學家，文名譽滿京師。

後來魏源應江蘇布政使賀長齡之聘，到江蘇主編《皇朝經世文編》。陶澍出任兩江總督，魏源又受聘於他的幕府，負責鹽務與漕運的籌劃工作。林則徐也因陶澍的推薦，由河南布政使，轉任江寧布政使，主持江蘇的賑災事務，後來又升任河東道總督，江蘇巡撫。林則徐與魏源在京師分別之後，又在江蘇異地重逢。魏源辭幕府之後，定居揚州新城內倉巷的絜園，過著著書立說的生涯。林則徐罷官廣州，以四品頂戴貶赴鎮海敵前效命之時，魏源正在京口，參加籌劃徒陽河修浚工程的工作。林則徐特別推薦他入裕謙幕府，籌劃江浙的軍事。但魏源對朝廷和戰舉棋不定，又因林則徐罷官悲憤難平，寫下〈寰海〉詩篇中的「不誅夏覽懲貪師，枉罷朱紈謝島夷」，拂袖回到京口，林則徐對此耿耿於懷。所以，在西戍途中，到京口與魏源一聚。並且將在廣州搜集的夷情夷務的材料，託付魏源編寫一本認識外夷的書。後來，魏源終不負故人之託，寫成那部「師夷之長技以制夷」的《海國圖志》。

三

林則徐的船泊京口，已是黃昏時分，魏源在岸上相迎。林則徐下得船來，兩位闊別六年的老友，在漫天彩霞、江瀾和松濤聲中又相聚了。兩人四手緊握，林則徐炯炯的雙目，閃著瀅瀅的淚影。他們彼此沉默相視，久久說不出一句話來。然後相攜拾級而上，濃濃的松蔭伴著迎面的晚風，林則徐多月來的鬱積和一路的風塵都盡掃了。

林則徐稍事漱洗更衣，又回到花廳，酒案已經置妥。魏源請林則徐入坐，他們對飲起來。林則徐舉杯，不覺想起了龔自珍。魏源道：「定庵兩年前辭官南歸，先在杭州他父親主持的紫陽書院教了一陣，然後到丹陽書院任教席。今春急病過世。他的長公子澄之世兄請我將定庵的文集編出來。」林則徐說：「應該，應該。定庵如未死，看到今日這樣局勢，不知又如何！」林則徐說到這裡，放下手中的酒杯，深深嘆了口氣。想到他出京之時，龔自珍自告奮勇，要隨林則徐南下廣州。林則徐以「時勢有難言者」，婉言相阻。然後龔自珍寫了〈送欽差大臣侯官林公序〉叮嚀週至。林則徐在出京的轎車上，展讀龔自珍寫的序，至「公此行，此心為若輩所動，游移萬一，此千載一時，時機一跌，不敢言矣。」不禁熱淚盈眶。當晚在驛館燈下，復書給龔自珍說：「責難陳義之高，非識謀者，不能言；非關注深切者，不肯言也。」林則徐想到這裡，又深深嘆了口氣，舉杯一飲而盡，然後對魏源說：「我當日離京之時，定庵贈序，情義拳拳，感人肺腑。後來我到廣州，他又贈詩：『故人橫海拜將軍，側之南天未箴勛，我有陰符三百字，蠟丸難寄惜雄文。』關切至殷。」說到這裡又乾了一杯，接著說：「離京之日，我曾信誓旦旦說，鴉片一日不絕，本大人一日不返，誓與此事共終始！

誰想到會落到這個地步，真是愧對故人於地下。」

桌旁高燒的紅燭，躍動的燭焰映著他們微酡的臉，一種難言的悲愴梗在他們的心頭。沉吟半晌，魏源安慰林則徐說：「此役事關氣數，非吾公之過。」林則徐說：「非也，默深。你知道這場仗怎麼打起來的？」魏源搖搖頭，林則徐說：「我為除惡務盡，夷商交出鴉片後，又命他們切結，以後再販鴉片，『船貨沒官，人即正法』，問題就出在『船貨沒官，人即正法』上。」魏源疑惑不解，問道：「為何？」林則徐答道：「夷頭義律認為船貨沒官尚可，人即正法，萬萬不能。因為未經審判即定人死罪，是一種野蠻行為。而且犯罪僅及於個人，連株他人，於情、於理皆所不容。」魏源不解地說：「吾公是奉聖命的欽差，且有便宜行事的官防，九族之律自古有之，人即正法，天經地義，有何不可？」林則徐說：「起初我也這樣想，奈何夷我雙方法理不同，談判自始南轅北轍，爭執的就在這一點上。恰巧這時，又發生一件偶然的事。」魏源問道：「什麼事？」林則徐接著說：「一件偶然的事，往往就轉變了歷史。一群喝醉酒的夷兵，在尖沙嘴村滋事，打死村民林維喜。我盛怒之下，將所有夷人都趕下海，不許靠岸，並切斷他們的糧水補給。夷頭義律向印度求援，東印度公司派船前來，仗就這樣開打了。」林則徐越說越激動：「默深，難道說此役與我無關？」魏源安慰道：「吾公如此做，以示天威。」林則徐說：「起初，我自恃天朝尊嚴太過，現在想想確有些孟浪。雖然，我自喻是中國士人中，和夷人打交道的第一人，但實際上，不知夷情，又不通夷務……」

的確，林則徐初抵廣州，自恃天威可以制服夷人，後來發現自己對夷情夷務，所知實在太少。於是，遣人刺探夷情，翻譯夷文書報，增加這方面的知識。林則徐南下廣州時，隨身帶了一名在理藩院供事的翻譯。此人早年曾在印度塞蘭普爾受過教育，可以將中文譯成英文，但年事已高。林則徐為了實際需要，招請了一批洋行買辦、通事、華僑，以及在教會學校就讀的學生入幕。其中一個名叫袁德輝的青年，是個馬來亞的華僑，曾在美國讀過幾年書。一個是澳門馬禮遜學校的學生梁進德。梁進德是梁阿發的兒子，梁阿發後改名梁發，是馬禮遜在廣州傳教第一個領洗的人，也是第一個中國人牧師，後來創辦了嶺南大學。

這個藉以探討夷情的翻譯小組，首見翻譯的是澳門的新聞紙，也就是廣州英商在澳門辦的《廣州周報》。最初祇是零星的翻譯，後來將譯稿抄寫後裝訂成冊，以備參考。然後又擴大到有關新版的西書的翻譯，其中有些摘譯自《中國人》與《在中國做鴉片貿易的罪過》，這些書都是最近幾年在英國出版，由夷人撰寫討論中國事務的著作，輯成《華事夷言》。最重要的還是將一九三六年倫敦出版，莫瑞 (Hugh Murry) 所著的《世界地理大全》全書翻譯，抄寫成冊，定名為《四洲志》。

林則徐說到這裡，回頭吩咐著站在一旁伺候的隨從，到屋裡將那部《四洲志》取來。那部書用藍色綢布包裹，林則徐仔細打開包裹，啟開函套，順手取出最上面的一冊，遞給魏源。魏源拿起書在燈下翻閱，全書以蠅頭小楷抄錄，字跡非常工整。魏源看了幾頁，又還給林則徐說：「這部書大有用途。」林則徐將書收妥，然後慎重地說：「經此一役，以後亂事將接著來，中國從此不太平了。」說著又將《四洲志》的包裹交給魏源。林則徐又說：「所以，夷事不可不曉，夷技不可不師；不曉夷事，不師夷技，何以制夷！我此次專程來京口，一來此次出關，不知何年歸來，特來一聚；二來以此書相託，藉老弟高才卓識，以此書為藍本，加上我搜羅的夷文圖錄，輯成一書，以備來者之需。」林則徐說罷，酌滿酒起身敬了魏源三杯。魏源接過書來，一躬到地，含淚言道：「魏源愚鴑，當謹奉命，不負我公所囑。」林則徐過去將他扶起。他們像來時一樣，四手緊緊相握，四目沉默相望，但都已熱淚盈眶。廳內寂寂，燭影搖曳著他們雙影，屋外風起和著松濤瀾聲，牆外梆鈴正敲響三更……

林則徐又深深舒了口氣，起身走出亭外，佇立在懸岩旁，眺望江上。江上的輕霧，被東方橙色的雲霞燃燒著，漸漸散去，江面又變得遼寬了。江瀾輕輕翻騰著，早航的白帆已經扯起，白色的水鳥追逐著江帆，在江瀾彩雲間高低飛翔……不知何時，魏源已站在林則徐身旁。

林則徐回望了一眼，也沒有言語。過了許久，林則徐嘆了口氣，然後言道：「千帆過盡，江水仍東流，默深，我們現在是白首到此同休戚，但青史又憑誰來定是非？」

第四輯

男人的眼淚

男人的眼淚

每次聽楊小樓「林沖夜奔」的唱片，至「欲送登高千里目，愁雲低鎖衡陽路；魚書不至雁無憑，今番欲作悲秋賦。回首西山日又斜，天涯孤客真難渡；丈夫有淚不輕彈，祗因未到傷心處」時，心裡就有說不出的惆悵。這倒不是聽評書落淚，替古人擔憂，而是楊老闆那種激昂中，卻又透出一股悲涼的聲韻，道盡了英雄寞落的情懷。

的確，那位八十萬禁軍總教頭的豪傑，踽踽獨行在茫茫的雪地上，朔風掀起他的黑色英雄大氅。酒葫蘆挑在花槍尖上搖晃。回首留在雪地上的腳印，追憶汴梁城裡的繁華，深閨裡嬌妻的柔情似水，相國寺鎮關西的粗獷奔放，酒樓行令，長街買刀……祗因為夜闖白虎堂的莫須有，一切都如煙似夢了。

到如今祇落得兩鬢金印，有家難奔，有國難投，孤零零淒涼地守著草料場，仰望雲天，飄飄濛濛的白雪，真所謂拔刀斬水水更流，借酒澆愁愁更愁。他是有理由落淚的。而且他落下的淚是英雄淚，真正男人的眼淚。

我所謂的「男人的眼淚」，當然不是「倉皇辭廟日，教坊猶奏別離歌，垂淚對宮娥」那種男人的眼淚。雖然我們男人流淚，但屬於真正男人的眼淚並不多。古往今來，也祇有三數個男人的眼淚，才能真正感動我，一是項羽的泣數行下，一是賈誼的痛哭流涕，一是周顗一夥的新亭對泣。

當然，那位取彼而代之的蓋世英雄，率領八千子弟渡江而來，身歷大小七十餘戰，所向披靡，舉兵救趙，鉅鹿一戰，坑秦降卒二十萬。召見各路諸侯，皆自轅門膝行不敢仰視。軍向咸陽，殺孺子，焚阿房。然後衣錦旋鄉，自封西楚霸王。但到如今卻兵困垓下，故舊星散，在四方楚歌聲中，看自己的美人悽婉含淚，聽自己的名騅向風悲嘶，於是，他舉杯，他慷慨悲歌，最後終於泣數行下。

他那闋「力拔山兮氣蓋世，時不利兮騅不逝，騅不逝兮可奈何？虞兮虞兮奈若何？」經過司馬遷天才史筆的烘托，更增添末路英雄的悲劇氣氛。不過，他的泣數行下，卻是單純的英雄淚。因為，英雄雖然有他自己所屬的時代，但英雄的事業，往往由英雄自己創造，又由英雄自己摧毀。因此，他的成功和失敗，都屬於他個人的。他像壯麗的虹彩，突然出現在歷史的長空裡；像一朵激湍的浪花，跳躍在歷史的奔流裡。但我們所追憶的，卻是英雄的本身，和他所生存的時代似乎沒有多大關聯，因為英雄往往超越時代與我們同在的。

但賈誼和周顗，所流的眼淚卻不同了。因為賈誼所生存的時代，雖然是我們歷史上的光輝時代，但仍然面臨著許多無法解決的問題。在對外的關係上，因平城之圍，高祖受擾於匈奴，而簽訂了城下之盟，所造成的「以皇帝之號，為戎人諸侯」，首足倒懸的屈辱關係。在內政方面，因為最初分封諸侯，現在卻形成「指大於股」的畸形發展。造成中央集權與區域分治的衝突，而那些區域力量又有「權逼天子」的趨勢。其他如商人階級的抬頭，所引起的社會差距，太子的教育問題等等，這許多問題結合在一起，已達到「抱火厝於積薪之下，而寢於其上，火未及燃」的危急情況。處在這種山雨欲來風滿樓的氣氛之中，他當然會痛哭流涕的。

至於周顗一群，因永嘉風暴乍起，京師蒙塵，大河南北，胡騎縱橫。中原衣冠倉皇渡江，驚魂甫定，剛擦乾滿襟胡塵滿眼淚，想藉暫時的歡笑，遺忘環繞在四周的憂患。於是，逢佳日，諸名士相與遊宴新亭，坐中周顗一聲悲嘆：「風景不殊，舉目有山河之異！」後來雖然王導愀然變色一喊：「何至作楚囚對泣邪？」而止住。但他們畢竟流了淚。而這淚是他們蘊藏在內心深處，唯恐其落下，所以彼此咽淚裝歡，但那股難以排遣的時代悲愴，卻時時在他們喉頭哽塞，些微的激盪都會使他們悲涕難抑。

所以賈誼的痛哭流涕，和周顗一夥的對泣，是由於他們所生存的時代，直接或間接激發而流下來的。將自己和自己生活的時代繫在一起，是中國知識份子的特色。因為中國知識份子的脈搏，和時代的大動脈息息相通。不論他身陷時代的迴旋之中，或躍出時代的濁流之外；不論他用青眼看自己，或用白眼看世界。但對他們自己生存的時代，卻懷有一份難以割捨的感情。賈誼的痛哭，因為他把自己投注在時代的洪流之中，表現了天下為己任，力挽狂瀾的書生本色。周顗那一夥，雖然寄情於山水之間，想超越於世事之外，但時代波瀾的起伏，仍然扣緊他們的心弦，使他們對於自己生存的時代，既無法忘懷，又不忍擯棄。

也許透過他們的淚痕，可以看到我們自己的影子，從他們生存的時代，也可以體驗我們自己生活的時代，我總覺得我們現在是生活在一個該哭的時代，但是我們卻沒有彈淚。也許這是一個變動的時代，在變動中，我們的知識份子，已失去中國知識份子傳統的道德勇氣，變得更現實與世故了。雖然，我們也想哭，但卻流不出真正男人的眼淚。

叫我如何不想他

那年我大學入學考試，國文試卷的作文題，竟出了一個「我」。著實使我咬著筆桿，作難了半天，心想，我就是我，還有什麼好寫的。

雖說我就是我，但天底下最難了解的，也許該是這個字了。因為平日我們所見的是「你」和「他」，所談的是「你」和「他」，所批評的也是別人。除了自己對鏡顧影自憐，可以看到一個虛幻的「我」之外，我們很少像曾參那樣常常自我反省，不斷想到那個和人接觸的我。所謂「靜坐常思己過，閒談莫論人非」者也，那祇是我把別人已經批評得體無完膚之後，閒著沒事，偶然想出來的自我解嘲的話。所以，我進了大學之後，在學校的刊物上寫文章，曾起了個「余忘我」的筆名。這倒不是自己的境界高，已達到忘我的地步，而是覺得我實在難以了解，乾脆就別想他算了。

同樣地，「男人」這個名詞，也是男人自己很難了解的。因此，談到男人，男人就會說：男人就是男人，沒有什麼好說的。的確，當人類的歷史發展到男人變成「一家之主」之後，男人的地位已經確立，正像《白虎通》上所解釋的：「男女者，何謂男？男，任也，任功業也；女者，如也，如從人也。」也就是女人是男人的附庸，男的可以在外面闖蕩，他們可以立德、立功、立言，可以出將入相，可以成王敗寇，可以留芳，也可以遺臭。甚至也可以在外面討幾塊別人剩下的冷胙肉，吃得滿嘴油，然後回家去向自己的妻妾炫耀一番。總之，他們可以在外面做許多自己願意或不願意做的事，「家裡的」那個是管不著的。尤其是男人握了記載歷史的筆——雖然，我們也曾有個曹大家，但曹大家也衹是為她哥哥班孟堅續貂而已。在這種情形下，男人已經把一切都獨佔了。他們可以為女人立下很多的規範，如果超出了這個規範，就進入了男人為她們製造許多帶有女字旁的字裡，所以，在中國傳統社會裡，男人為女人留下的活動空間非常窄小，至於男人他們卻可以優游於天地之間，當然無須再花精神去想什麼是男人了。

中國是一個種田的民族，男人佔了比女人力氣大的先天便宜，種田是他們務本的工作，所以中國字裡那個「男」字，是力田的意思。男人天生是種田的，即使在母系社會時代，也

不能否認這個事實，最初男人嫁到女家去，是為了幫助女家種田，這種婚制民族學上稱為勞役婚。種田這種粗活不是細弱的女人幹得來的。由於男人有了這個生理上的優勢，就很容易攫取主權。所以過去幾千年的中國，一直依附著土地為生，因此，男人絕對的主權和尊嚴很少被懷疑過。

近百年來，我們的社會發生了亙古未有的變動，尤其五四前後，西方思潮直接滲入中國，女子要求參政權自不必說，新青年推波助瀾，出了個「易卜生尊號」，竟逗得許多新女性要想學娜娜出走，要從她們徘徊了幾千年廚房和搖籃邊衝出來，衝到街上，衝到社會上。這個突然的轉變，的確使養尊處優的中國男人無法了解，男人們自己想想，為她們準備了那個安靜窩，她們竟不願意蹲，硬要跑出來瞎起鬨，真是不可思議的事。男人們無法阻止這種潮流的發展，除了恨恨罵一聲：「惟女子小人難養！」祇有感嘆世風日下。

事實上，這種變化是必然的，因為我們的社會在變，在由農業社會向工業社會轉變，社會的分工也越來越細，需要大量的人力參與，而且有些工作並不像過去「力田」，祇是要出蠻力的男人的專利。同時，女子有了與男人同樣受教育的機會。女子受了教育以後，發現她們自己並非像過去男人說得那樣「無才」。社會上有很多事情她們都做。現在她們既然分享了過去男人獨佔的權益，對她們自己生存的時代和社會，貢獻了與男人同等的力量，當然有權利要求與男人同樣的地位。於是，所謂的「新女性主義」便應運而生了。新女性主義的內容和涵義，雖然很廣泛很複雜，一言蔽之，就是要求與男人維持均勢。

女子要與男人維持均勢，與男人分庭抗禮以後，我們的社會就由唯我獨尊的男性社會，變成了兩性共同創造的社會，使得我們的社會發展更圓滿、更和諧。不過，最近這幾年我們的社會，都有向女性的柔性發展的傾向，打開電視機，除了女性外，男的都是些「油頭粉面的小光棍」，在那裡忸怩地唱著比吃糯米飯還軟的「情和愛」、「我為你哭泣」！彷彿在這個世界上，除了「我的心中裝滿妳」他們就沒有旁的事可做了。

因此，就不得不使男人想想男人和女人的區別在那裡了，男人和女人最大的區別，就是男人長鬍子，所以鬚眉是男人的象徵，陽剛之美代表了男人的美。但由於我們的社會有了柔性的傾向，甚至使一些雖然長了鬍子的男人，在性格上也變得婆婆媽媽了。總是喜歡在人背後蜚短流長，但事到臨頭卻又像隻偷吃米的耗子，昂然七尺之軀竟不敢在陽光下站出來，真使男人洩氣。更洩氣的事，莫過這幾年，竟有些大男人提出在大專聯考裡，為男生保障名額。難道，世界真的變了？弱者，你的名字是男人？

男人，男人？男人！我真懷念那個執鐵板唱大江東去的男人，我真想高唱一曲「叫我如何不想他」！

《碧血劍》底窺金庸

開始就該來，而且自己心裡也想來的金庸，卻走了一段遙遠迂迴的路，最後，在滿天風雨裡，終於來到他嚮往已久的「天堂般的島」。

提起金庸，就會想到他的《射雕英雄傳》。一位我最敬愛的師長也說，這是中國最好的一部武俠小說。的確，金庸的《射雕英雄傳》，不僅文筆流暢，有濃厚的文學氣息。而且佈局奇巧，人物塑造更獨具匠心，所創造的武俠英雄人物，成為時下武俠小說爭相模仿的對象。中國現代的武俠小說脫離公案小說後，分別在兩條路線上演變與發展。還珠樓主的《蜀山劍俠傳》，是繼承了《七劍十三俠》，創造劍氣刀影武俠小說的高峰。王度廬的《鶴驚崑崙》、《寶劍金釵》、《鐵騎銀瓶》一系列俠骨柔情的小說，則是由《兒女英雄傳》發展的轉變。在這兩大主流之外，還有一個旁支，那是朱貞木、鄭證因的純打鬥，沒有兒女情長的擊技小說。金庸的《射鵰英雄傳》，就總結了武俠小說發展的流勢，開拓了中國武俠小說的新境界，也提高了中國武俠小說的素質，使中國武俠小說同樣具有大仲馬《基度山恩仇記》的文學價值。這是目前外國大學圖書館唯一上架的中國武俠小說。

曾在英國讀過書的金庸，本名查良鏞，是香港左派的《新晚報》捧紅的武俠小說家，一部《射鵰英雄傳》使他聲名鵲起，也賺了很多錢。於是他從「無產」變成「有產」，脫離了左派的控制，自己辦了個《明報》，就靠了他一篇連載武俠小說支撐，擁有大批讀者，尤其是香港的專上學生們。漸漸的這份報紙成了知識份子的讀物。於是《明報》為了知識份子，內容方面也改變了。社評由金庸自己執筆。在中共第一次核子試爆時，因為陳毅說了一句「不穿褲子要核子」，因此金庸寫了篇評論批評，觸怒了香港左派報紙，發動對他的圍剿。金庸就憑著一枝筆獨自上陣應戰，結果這場仗金庸打勝了。後來他又辦了《明報月刊》，想使這個雜誌變成海外知識份子的橋樑。現在海外的知識份子和留學生，很多人一面看他的武俠小說，一面又讀《明報月刊》。

四月間裡，金庸到臺灣訪問了十天，這是他二十多年來第一次到臺灣。臨行之前，在電視裡驚鴻一瞥（《中國時報》三版也刊出了一篇他的訪問）。回到香港後，上個月在《明報》

上連載了他寫的《在台所見所聞所思》。報導了他這次訪問的觀感。他說在臺北會見了多位黨政軍負責的首長，並且和他們個別作了一次或幾次相當長時間的談話，他提出的問題很直率，他們答覆得也很詳盡。從他這篇沒刊完的報導裡（我祇看到第二十），這次的訪問已經糾正了他過去某些成見。也改變了他過去祇「北望神州」（《明報》的專欄）的態勢，也開始回首「南顧」了。

由於金庸這次回來，倒使我想起他早期的一部《碧血劍》的小說來了。這部小說在金庸所有武俠小說裡並不算有名，祇有薄薄的六冊。這部小說是在香港左派報紙上發表的，雖然表面上有「階級」意味，但卻寓意深遠，暗藏「漢心」，套句他們慣用的術語，這是一部打著紅旗反紅旗的作品。小說寫的是明末大將袁崇煥之子袁承志為父復仇的故事，其中有一章是〈助威奪紅衣〉。描寫袁承志北上報殺父之仇時，途中歇在一個客店裡，遇到一批運送「紅衣教主」大炮的洋兵洋官，這十尊大炮原來是在山海關防滿人的，現在調來剿流寇，為首洋軍官是彼德和雷蒙。因與袁承志等人，一言不合，動起武來，由袁承志的愛人青青與雷蒙的西洋劍過招，袁承志在旁指點，最後雷蒙的西洋劍敗了，但雷蒙卻對袁承志好生欽佩，就以地圖一幅相贈。並且告訴他，海外千餘里有個島，氣候溫和，物產富饒，如天堂一般，如今天下大亂，民不聊生，何不率領受苦的百姓投奔那如天堂一般的寶島。故事的結尾，李自成進了北京，崇禎吊死煤山，袁承志率領手下一干人等，按照雷蒙相贈的地圖，飄然浮海，投向那如天堂一般的寶島去了。

當時我讀這部小說時，就想到不論金庸怎樣「北望」，最後終於會投向這個如天堂一般的寶島的。但沒有想到他卻踟躕了二十多年，去過大陸八次，歐洲六次，美洲、中東、非洲、澳洲，甚至東歐的南斯拉夫也去了，東南亞各國差不多去遍了，新加坡和馬來西亞更不計其數，就是沒有到過臺灣。但現在他終於來了。而且選擇了這個風雨飄搖的時候來了。這是他最後的抉擇，但這個抉擇早已在他的《碧血劍》裡留下了伏筆。

人在橋上

枯藤、老樹、昏鴉，小橋、流水、人家；古道、西風、瘦馬，夕陽西下，斷腸人在天涯。這闋散曲，將十個不相關聯的名詞，透過小橋的貫穿，組合成一幅蒼涼的圖畫。這幅畫可稱為歸鄉，也可名其為過客，悉聽君便，端看當時人的心境了。

常言道你走你的陽關道，我走我的獨木橋，井水不犯河水，二者互不相涉。但世上沒有無橋的路，也沒有無路的橋。如果路沒有橋相接，不知前途何續；而橋沒有路相銜，人在橋上踟躕，就不知何去何從了。

記得多年前，讀過一篇〈橋與路〉的文章。屈指算來，該是三十多年前的舊事了。當是時，香江初履，高樓獨坐，擁書夜讀。但讀的卻是往古的是非和紛紜。這些是非和紛紜，像絪亂麻，真的是剪不斷，理還亂。祇得掩卷而嘆，眺首窗外，一輪皓月當空，伴寒星數點，四下寂寂，已過三更，這個城市已漸入睡。想想自己，來此甚是無聊，終日青燈黃卷，難道真的繼絕學嗎！於是起而繞室，無意間在同事桌上，撿來一本新出版的雜誌，其名曰《明報月刊》，而且是創刊號。燈下翻閱，讀到那篇〈橋與路〉的文章。文章不長，是雜誌的發刊辭，內容雖不復憶，但說這本雜誌，要做海外知識份子的橋與路，留下深刻的印象。

「知識份子」，當時想，真是個高不可攀的名詞。尤其中國知識份子自來愛幫閒，好管閒事。往往晚上睡覺，心裡想的有千條路，雖然白天路路走不通。但誰要說他想的道路有偏差，又不能聽他娓娓道來，是要吵架的。尤其當時海外中國知識份子，彼此「相去萬餘里，各在一天涯」，而且又處在花果飄零時期，若搭個橋互相往來溝通，實非易事。放著《天龍八部》不好好寫，大俠實在忒多事。

沒想到橋搭起後，南來北往，左右東西雜湊，竟奏出不協調的樂章來。雖然喧雜，倒甚悅耳。三十年彈指易過，當年上路的，如今已是「慷慨心猶壯，蹉跎鬢已秋」。而且橋旁的路，也已百迴千轉。但又有新人上路，雖然走過舊的蹊徑，也會留下新的足跡。但卻長亭更短亭，不知何處是歸程。真不知中國知識份子為何有這麼多的路要走！

如今雖路遙遙，而橋還在。真的是「二十四橋仍在，波心蕩，冷月無聲。」彷彿又見橋上人影匆匆去來，突然傳來一聲淒清笛韻，那調子是非常熟的，但卻不知吹奏的是歸人還鄉，還是美麗錯誤的過客。

二十世紀的森林之外

大前年橫井庄一從關島的森林裡走了出來，去年小野田寬郎從菲律賓的森林走了出來，現在又有一位我們被屈辱、被損害、被遺棄的同胞，從印尼的森林走了出來。使生活在二十世紀森林之外的我們感到驚訝。在人類關係這麼密切的今天，竟還有人在現代文明包圍的森林裡，孤獨地飄泊了三十年，過著「不知有漢，無論魏晉」的桃花源的生活，簡直是不可思議的事。

當橫井庄一、小野田寬郎的旋風掀動三島，當我們的同胞萬劫歸來的時候，如果我們不健忘的話，就會發現他們身上，仍然罩著那個屬於日本、同時也屬於我們和亞洲其他民族歷史悲劇朦朧的影子。

吉田松蔭該是這個歷史悲劇最初的製造人。有一年我到京都，閒來沒事就常到各處逛逛。雖然許多名寺古剎，曾逗起了我幾許的思古幽情，可是當我看到那幾塊豎在街邊的石碣上寫著：「昭和某年某月某日武漢（或上海、南京）佔領」時，一股歷史的憤怒便湧上心頭，真想一腳把它踢翻。後來我在一個公園裡的隱蔽處那株蒼勁的古松下，發現了一塊碑，碑文已經斑疤，好像是一首詩，但題詩人的名字卻清晰地鐫著是吉田松蔭。以後每次經過，我都有意無意繞到那裡，看一眼那個名字，想想這個歷史的悲劇。

吉田松蔭是日本維新時代的鬥士，他在獄中所寫的《幽囚錄》，有一段是這樣的：「今急修武備，艦略具，砲略足，則宜……責朝鮮納質奉貢如古盛時，北割滿洲之地，南收臺灣、呂宋諸島，漸示進取之勢。」他的這份說帖，就凝成了以朝鮮為跳板，然後寇我東北，進而蠶食鯨吞我國的「大陸政策」。另一方面是以我臺灣為基地，攻佔南洋各島嶼的「南進政策」。這兩個政策合在一起，就是在半個世紀以後，他們發動對外侵略所喊的「大東亞共榮圈」的口號。

在「大東亞共榮圈」的口號下，他們對外發動所謂「聖戰」的侵略。在這場「聖戰」中千萬生靈塗炭。雖然這幕歷史悲劇已經落幕了三十多年，但餘波仍在盪漾著。在我剛到京都不久，離我的下宿處不遠的地方，有一個小料理店，面積不大，衹有三四坪，沿著櫃臺設了幾張凳子，除了出售簡便的茶漬飯外，還賣酒。我有時去吃飯或小飲兩杯。主持店務的是個五十多歲的婦人，她在「聖戰」期間曾隨丈夫到過中國，不過她丈夫卻在「聖戰」末期戰死了。後來她知道我來的國度，但我們卻因言語隔閡無法暢談。我祇是低著頭在那裡自酌自飲，她站在櫃臺內給我酌茶時悽婉一笑，我是可以了解那笑容的含意的，因為我們都是這幕歷史悲劇裡，直接或間接的受害者。

當然，在這幕歷史悲劇裡，橫井、小野田和我們的同胞李光輝都是受害慘重者。雖然他們沒有埋屍無定河邊，卻早已成為春閨夢裡人。三十年在恐懼、寂寞裡掙扎的精神折磨，是無法用其他的代價可以彌補的。不過，他們同樣流落蠻荒，所表現的意義卻完全不同。橫井和小野田是「菊花與劍」的悲劇人物，尤其小野田的「永不投降」，更是日本「徵明國體」歷史教育下的犧牲者。

所謂「徵明國體」，自日本明治五年頒佈新學制，於是日本有了近代的學校，學生不再學《春秋左氏傳》、《史記評林》、《十八史略》等中國的史書，開始講他們自己的歷史，而且將歷史教育作陶鑄他們國民思想與意識的模式。雖然從明治初年到日本戰敗八十年間，他們的歷史教科書有幾度的改變，但明治十二年所頒佈的「教學聖旨」，認為歷史教育的目的是「尊王愛國與培養人民志氣」的指標卻沒有變。所以「皇統無窮」、「國民勇武」，就成了日本歷史教育的指導原則。尤其大正九年修訂的《國史》，以歷史人物為歷史教科書的教材，選定了四十個主要的歷史人物教育他們的兒童，希望他們的兒童從幼年開始，由於對歷史人物的敬仰而激發他們的愛國思想，振作他們的國民精神。選擇歷史人物作為歷史教育的教材，在本質上，還是為了強調他們國體的特質與皇室的尊嚴。所以，他們的歷史教育在這個指標下發展，因而才有昭和十五年「徵明國體」的歷史教科書出現，這種歷史教科書的基本精神，是為了強調「大日本帝國」萬古不易的國體、天皇「萬世一系」的觀念。所以當時日本人民，才在東亞與世界領導地位的「自覺」，舉國一致扶翼「皇運」的狂熱精神鼓舞下，發動了不僅危害自己生存、更危害別人生存的侵略戰爭。小野田就是在這種歷史教育下，塑造出和風車戰鬥的唐・吉訶德角色。

李光輝就完全不同了。當然他不是一家報紙「方塊」中所說的蘇武。如果李光輝是蘇武，那麼，請問誰又是衛律呢？李光輝是一個我們的山地同胞，山地同胞和日本有著不共戴天的血海深仇。最初日本想侵佔臺灣，就以臺灣的「生番」殺死琉球漂流來的「難民」為藉口，掀開了他們「司馬昭之心路人皆知」的侵略惡行。後來在日本的鐵蹄下，霧社山地同胞的碧血，又染紅了三月即凋的櫻花。可是，李光輝和我們一些其他同胞，以後卻被迫參加戰爭，參加一場不知為誰而戰、為何而戰的戰爭，最後更被遺忘在那個孤島上的森林裡。正像他的同鄉徐成耀所說的：「李光輝的一生何等坎坷，他生命最燦爛的年華被無情的戰火摧殘，這是歷史的悲劇，他是日本軍國主義下的犧牲者！」我們是應寄予同情的。

把生命最燦爛的年華消逝在森林裡，不論李光輝、橫井、小野田，如果我們拋棄了歷史的包袱，把他們看成和我們一樣是一個單純的人，他們的境遇都值得同情。但他們生活在森林的寂苦和情趣，卻也是我們生活在森林之外的人無法體驗的。一個人擁有這麼遼闊的世界，而且無牽無掛，天地與我獨往來，同時有獨自享有那無窮無盡的蔥翠和碧綠，這種生活的情趣，當然不是擁擠在高樓華廈間，生活在二十世紀「現代森林」裡的我們所能想像的。所以，小野田在森林生活了三十年，回到了日本，當記者問他對日本的第一個印象是什麼？他毫不考慮地說：「日本的道路好窄！」同樣地，當李光輝到達雅加達機場，在許多記者鎂光燈下，他感到徬徨無助，恐懼不安，對他離開了三十年的社會茫然無知；面對著突然出現的陌生人群，身旁響起的巨大噪音，他失去了原來的歡笑。從他那木然無奈的表情裡，我們可以發現他變得更孤獨了。所以，當人問起他將歸何處時，他真不知何去何從了，他一度說他還是想回到自己生活了三十年的森林去。

當那年橫井庄一離開了關島的森林，恰巧一個我學生的父親到關島觀光。他參觀了橫井遺下的避風雨的地下居處。他帶回了一些橫井留下的遺物，並且送給我兩塊橫井支架房屋的竹片，和兩朵橫井點綴居處的不知名的花。那竹片被累年的煙燻黑了。兩朵花也被烤得乾枯了，可是葉瓣卻是完整的。我一直把它珍藏著，最近因為李光輝的出現，我又取出來，在現代的燈光下，細細觀賞，一股濃濁的煙燻撲鼻而來，我似乎也嗅到一絲他們生活的情趣。是的，他們曾經生活過，他們曾經寂寞孤獨的生活過。但他們的生活卻不是我們用現代文明的尺度可以衡量的。也不是用現代文明的語言和意識可以解釋的。

如今，李光輝已在一陣狂風似的喧囂中，從一個森林走出來，進入另一個他過去曾經生活過，現在卻完全陌生的「現代森林」。我們已在這個森林裡寂寞孤獨生活了許多年，我們應該歡迎李光輝也加入我們之中，分享我們這份無法傾訴的現代寂寞和孤獨。但李光輝不是英雄，他和我們一樣需要平靜的生活，那麼，就讓他平靜的生活吧。因為在我們這個世界裡，每一個人都有權利決定自己該怎麼生活的！

我來，我見，我征服！

報載在臺灣登山界被稱為「四大天王」之一的林文安先生，一輩子攀登過無數次的山，最近一次竟大意失荊州，攀登不該發生意外的山，不幸竟發生了山難，在風雨濃霧裡迷了路，最後倒臥山林，像戰士死在疆場，這位登山界的老將把生命也獻給了山。

登山是近幾年來很流行的戶外運動。每逢假日，總有許多人背負行囊，穿著笨重的登山鞋，到郊外去登山。這種戶外運動之所以流行，一來是近來經濟繁榮，國民所得提高，登山裝備不再是一種奢侈昂貴的負擔。二來近年城市裡高樓大廈連雲起，使人們生活的空間縮小了；久繫樊籠之內，總想找個機會展翼飛去，擺脫太多人造的桎梏，和自然親近親近。於是雖然山難頻傳，入山的人仍接踵而往。尤其年輕的朋友們，希望在登山中嘗試冒險犯難的滋味。每個大專學校都有登山社，臺大登山社就是一個龐大的學生社團。學校福利社還有個出售登山用品的商店；而且這個社團的同學彼此感情很融洽，在學的稱「山胞」，畢了業的稱「夥伴」。並且大家還集資在學校附近開了一家叫榛樹林的咖啡館，作為聚會交換經驗的地方。也許因為他們常常登山，在攀登冷峻的懸崖，或陷於茫茫莽原之中時，在那種自然力的壓迫下，使人與人之間的感情無形中更接近了。

不過，談到登山，就使我想到凱撒大帝率領大軍踏上埃及領土後，向羅馬元老院所提的報告中說的：「我來，我見，我征服！」我想每個登山者，經過千辛萬苦，最後終於爬到山頂，這時環顧腳下群山，心裡所出現的，不是陳子昂登樓時那種「前不見古人，後不見來者」，愴然淚下的境界；而該是一種興奮、驕傲的跳躍。這種跳躍是應該的，因為他們經過一場艱苦的奮鬥和掙扎後，終於又切切實實踐踏了一座山巔，那種「我來，我見，我征服」的情緒，便油然而生。但猛回頭又見身後另一座突起的山峰藏在雲霧飄渺間，於是在征服這座山以後，又計畫征服另一座山。所以，他們不斷的征服，不斷的攀登，正表現了人類不向自然低頭，不斷與自然對抗的堅忍毅力。

不願向自然低頭，並且不斷向自然挑戰，正是西方文化裡非常重要的一環。從他們神話裡盜火的英雄開始，到發現好望角的地亞士，以及阿姆斯壯登上月球的那一小步，都表現了這種精神。這種精神潛藏在他們心底，在十九世紀以後突然迸發了創造的力量，使西方的科技文明如脫羈之馬，向前突飛猛進。經過一百多年的發展，西方的科技文明如登山者一樣，已攀登過一座又一座的高山，對自然作無窮盡的征服與役使。每次對自然的超越與突破，都會出現一次「我來，我見，我征服」。現在已經進入太空，深入海底。至於最後的終站在何處，他們自己也無法回答。登山是一種西方傳來的戶外運動，也許正表現了這種精神。

不過，中國自古以來，似乎缺少征服自然、控制自然或役使自然的想法。祇設法使人與自然相處得更圓滿更和諧。「天人合一」成為人與自然和諧的最高境界。不把自然作為一個研究和探索的對象，也許是中國科技文明不發達的重要因素。但創造了中國人另一種生活情趣。中國人也登山，似乎沒有想征服過山。而且對山保持非常崇高的敬意，所謂「仁者樂山」，也許因為自古以來隱逸高士都居於山中，晉代張華的〈招隱詩〉，就說「隱士託山林，遁世以全真」。在儒家的思想裡，對於遁世全真的隱士，予以極高的評價。所以，太史公的《史記》，將餓死首陽山的伯夷、叔齊，置於列傳之首。在這篇傳記裡，他的議論遠超過事實，大大發揮了隱逸的精神，其中所羅列的人物都是古代的高隱。范蔚宗的《後漢書》，也特地為那些「蟬蛻於塵囂之中，自致於寰區之外」的知識份子立傳，其原因也在此。這些隱退山林的高士，過著「經始東山廬，果下自成榛，前有寒泉井，聊可瑩心神」，以及「巖穴無結構，丘中有琴鳴，白雪亭陰岡，丹葩曜山林」的生活。這種將人融於自然中的境界，是令人嚮往的。所以，我說中國人似乎從未想征服過山，祇是想與山林同住。即使無法永遠與山林同住，也會找個機會與山林接近，尋求暫時與自然同在的慰藉，這也是中國文學裡出現許多山水詩文的原因。

南北朝時代的謝靈運，是深喜山水情趣的人物。他在出任永嘉太守的時候，遍遊郡中許多著名的山水，有時一去就是十天半月，把許多政事都擱下不管。他的本傳說：「尋山陟嶺，必造幽峻；巖障千里，莫不備盡。」他可以說是一個登山的高手了。不過，他的〈遊名山志〉卻說：「夫衣食所資，山水性之所適，今滯所資之累，擁其所適之性耳。」適山水之性，是他對山水欣賞的態度，同時也為中國人對山林的欣賞開拓一個新境界。那就是說對於山林，不僅要用眼觀看，同時還要用心靈體會。他的詩中說：「用情賞為美，事昧誰與弁，觀此遺物慮，一晤得所遣。」正說明了他用心靈對自然的體會。

那位「詩中有畫，畫中有詩」的王維，更能將自己融於山水之中。他的「白雲迴望合，青靄入看無」，「泉聲咽危石，日色冷青松」，都是用心靈體會自然的作品。他不但能詩，而且善畫。《畫學秘訣》說他「凡畫山水，意在筆先」。所謂「意在筆先」，正是中國山水畫的特色。中國傳統的畫家，從來不帶畫架去寫生；他們遍遊山水，將捉捕到的意象先蘊於胸中，遊展歸來之後，再將那意象溶於丹青，畫在紙上。到這時，人與自然真正達到合一的境界。所以中國的山水畫與西洋的風景畫不同。西洋的風景畫必須用畫框裝潢，佔有一定的空間，為了掛在壁上裝飾用的。可是中國的山水畫，卻不是為點綴廳堂用的。裱糊以後垂之以軸，可以舒展自如，便於收藏。為了留待一旦對山林嚮往，卻又為「俗務纏身」，想去又無法去的時候，就展開畫軸，或置於案頭，或掛在牆上，慢慢端詳，聊慰飢渴。

所以，過去中國人對自然的愛好，不下於今日的西方人。但不願和自然對立，祇想如何使自己與自然融而為一。甚至縮小山林的形象，置於庭園裡，培植在盆景中，使自己的日常生活也融於自然之中。他們也登山，但祇是「我來，我看」，卻不想「征服」，他們欣賞山，不但用眼睛，還用心靈。

沒有箭的時代

《三國演義》第四十六回的〈用奇兵孔明借箭〉，很有戲劇性，所以在國劇「群英會」裡，變成了「草船借箭」一折，由孔明與魯肅二人對唱，是很好聽也很好看的鬚生戲。

「草船借箭」從孔明在周瑜帳中立下軍令狀，在三日之內造就十萬支狼牙箭開始。然後孔明回到自己帳下，祇是揮扇喝酒，卻不開工造箭。急壞了在一旁的魯子敬。限期將到，魯肅再也忍不住了，氣急敗壞地跑來，問孔明箭在那裡？孔明卻淡淡然地回答說：「一支也沒有。」軍中無戲言，既立軍狀，到時沒有箭要殺頭的。孔明拖住魯肅設法救他。於是魯肅勸他駕隻小舟逃過江去。孔明卻說，他是奉主命過江來，與東吳聯合共同破曹的。逃是逃不得的。魯肅又勸他，不如投江自盡，這樣免得身首異處，可以保個全屍。他又說，螻蟻尚且貪生，為人豈不惜命？這下子可把魯肅難倒了，魯肅一點辦法也沒有了，說：「要你走，你走不得，要你死，你又死不得，真叫人為難了。」接著孔明開始唱了：「魯大夫平日裡待人甚厚，你保我過江來無愁無憂，周都督要殺我你不搭救，看起來你算不得什麼好朋友！」

唱著唱著，就扯了魯肅登上「布幔束草等物盡以齊備」《三國演義》說的二十隻「草船」中，乘著滿江的濃霧，船向曹營進發。孔明在船上飲酒，魯肅卻在船上發抖。船到曹營之後，眾兵丁鼓噪聲喧，曹營的一萬多名弓弩手，「盡向江中放箭，箭如雨下」。等日出霧散之時，孔明急令收船轉棹，二十隻船兩旁束草上排滿了箭，回來一算，每隻船上插了五千多支，一共十多萬支，孔明在限期之內交了差，周郎借刀殺人計又失了著。

當然，這是小說，是戲。羅貫中的《三國演義》大部分材料，取自《三國志》的裴松之注。但《三國志》裴注裡卻沒有草船借箭這一條。而在真實歷史上，魯肅絕非這樣蠢，諸葛亮也沒有那麼神。雖然歷史是歷史，戲歸戲，但我這個學歷史的卻喜歡這段戲。倒不是這段戲夠味，而是欣賞諸葛亮投身箭雨之中，竟能坦然飲酒。

箭，是一種搭在弓弩弦上，彈射出去殺人的武器。這種武器在自動火力還沒有出現前，是攻擊遠距離的敵人最迅速、最有效的武器，比戈、矛、戟更具有殺傷力。所以，矢與箭的本義，可作迅速與前進解。中國是一個很早就使用箭的民族，我們的祖先遠在細石器時代，已經會利用箭作為攻擊的武器。從內蒙到陝西的文化遺蹟裡，都發現各式製工非常精緻的箭頭，而且數量也很多。這種裝置在箭前端的頭頭，稱之為箭簇。如果箭沒有簇，雖然也可以傷人，還不至置人於死地，所以簇是殺人的利器。

最初，箭簇是用石頭磨成的，也有用獸骨或貝殼磨製成，有扁平似柳葉的，有三稜或四稜尖錐形的，也有的簇尾部有雙翼。簇尾帶翼為了使利箭的前進，可以更迅速地攻擊對方，不過，當時攻擊的對象是禽獸不是人，有了箭，人在狩獵的時候，可以和禽獸保持距離，以策安全。

我們已無法考究人是在什麼時候開始把箭頭從攻擊禽獸轉而攻擊人。我想人類用箭互相攻擊，大概是在學會築城以後，有了城，敵對雙方一攻一守，箭成了必要的武器之一。中國築城開始在夏商之際，所以到了商代，我們祖先已經大量使用青銅箭簇了。這箭簇有凸起的脊背，並且帶有雙翼，隨著銅的質地提高，攻擊時的殺傷力也提高了。

經過不斷的改進，到了戰國時代，箭簇已經發展成圓脊三翼的形式，三面的刃都很鋒利，更可以傷人於百步之外了。戰國中期以後，西北草原上的遊牧民族，開始把人放到馬背上去。把人放在馬背上是人類的一個發明。當時，這個發明的重要性，不下於第二次世界大戰人類發明原子彈。

在此之前，人類祇知道用馬馱重或拖車。等到人開始直接騎到馬背上去，使攻擊的機動性增大，於是攻擊的武器也隨著改良，漸漸以鐵簇代替銅簇。鐵的硬度比青銅大，殺傷力更增大了。不久中國人也學會了這種戰爭的形式，這就是所謂趙武靈王的「胡服騎射」。中國人的頭腦是聰明的，自從學會了這種戰爭的形式後，不斷改良，使發射箭的工具也有了新的發展，除用各種有彈性的木料造成弓之外，到了漢代，守備邊郡的武器中，又有了弩。弓祇能用一個人的兩臂使力，弩則可以用腳蹬著發射。當時有一種「具弩」，射程有半里多路遠。

箭改良了，發射箭的工具也進步了。因此，使用箭的方法也增多了。其中最厲害的一種，就是「冷箭」。冷箭又可稱之為暗箭，普通雙方用箭互相射擊，都是面對面的把箭搭在弦上，用兩膀之力把弓拉滿，然後，箭脫弦而出，來一個百步穿楊，射入敵人的胸膛。能面對面一箭射敵人的胸膛，已算個中高手了。除非敗陣或逃跑，很少人是背後或屁股上中箭的。但冷箭卻不同，專門從人背後發箭，而且多是乘人不備，突然而來，嗖的一聲，就可以把你撂平，從來不給一個公平競爭的機會。所以武俠小說上常說「明槍容易躲，暗箭最難防」，其原因也在此。

從武俠小說上看，那些躲在背後放冷箭的，大致不出幾類，有的是想謀取「武林秘笈」，有的是勾結匪類弒逆師門，有的是為了爭奪掌門職位，有的是反恩成仇……他們各懷鬼胎，不論目的為何，所表現的形態卻是相似的，那就是急功好利，想在江湖道上樹名立萬兒，但武功不高；如果和人家正面過招，也許不出三招兩式，可能立即肝腦塗地。無計可施之後，衹好出此下策——乘人不備，在人家背後放它一支冷箭。

箭最初的用途為了狩獵，然後變成人與人互射，最後又演變成有人放冷箭，這是箭的發展史，也是人類歷史的一部分。自從人類相殘用了火器以後，箭就開始沒落了。不過，我們的祖先曾用過這種傷人技巧卻被留下來了，而且由有形變成無形，衹要稍稍翻動一下舌頭就夠了。這也是雖然我們生活在沒有箭的時代，卻還常有冷箭傷人這回事的原因。

使人欣慰的是：人性高貴一面經常被絕大多數人所尊崇，放冷箭的人永遠躲在暗處，藏首縮尾，見不得天日，所以武俠小說上那些會放冷箭的，不論武功有多強，江湖輩份有多高，衹要他在人背後放冷箭，照例同為武林人物所不齒，被認定是下三流的手法，統稱之為鼠輩。鼠輩慣從人身後發招，是為冷箭。

一壺濁酒喜相逢

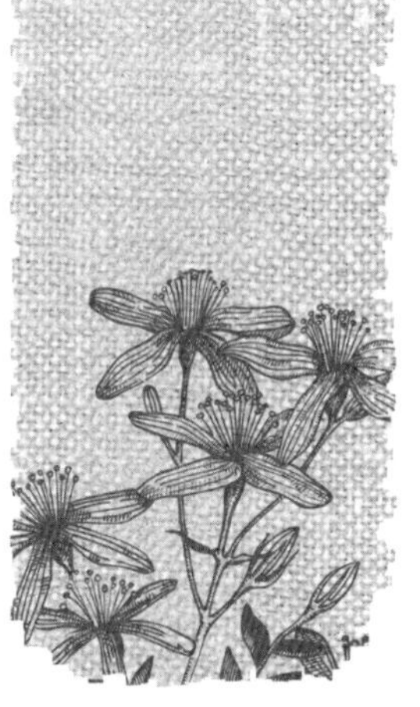

不久以前，世界各地的詩人，像玄鳥啄罷冬的第一片初雪，翅膀浸沾著萬頃碧濤，飛到這個充滿陽光的藍天下，喃喃低嗎著那個永遠度不盡的春。

我們的詩人，為了歡迎這群遠來的賓客，破例來了一次「調和漢宋」，使這麼多年一直「陰陽合曆，你過你的年，我過我的年」的新舊詩人，有次一壺濁酒喜相逢的機會。於是，廟堂的鐘鼓伴著吟哦淺唱，沙漠飛來閃爍的金劍，呂宋的煙霧縈繞著桂冠……的確是一次中西合璧，貫穿古今的空前「雅集」。

對於詩，不論新的舊的，我都有一份固執的偏愛。我也寫過詩，我曾夢想那頂飄渺的桂冠，我曾在雨中散步尋覓詩，那時正是少年維特煩惱的「少年」年紀。衹因不識冬東，衹得向前超越跨了一步，我寫的是「的呵了」的長短句。後來，才發現自己竟是一個落在塵網裡的人，更有令人難耐的粗俗，缺少詩的氣質。於是，我成了「詩隊伍」裡的落伍逃兵，隱藏起那份並沒完全消逝的失落情懷，悄悄地徘徊詩的門外，靜靜地傾聽著那為種芭蕉又怨芭蕉的瀟瀟風雨。

這些年來，我聽了太多的風聲雨聲，祇有這次最大，更沒有想到最後竟叮叮噹噹上了公堂。我一直覺得詩人，不論新舊，至少應該有一份別人沒有的瀟灑，耐得住聽自己孤獨腳步的寂寞，並且保持那份雖居塵市裡，而無車馬喧的心靈寧靜，這樣才能創造更脫俗的詩意境界。詩人除了用清白眼看世界外，該是與世無爭的。當然更不會自封為武林第一高手，強奪霸主的大旗。想想當年白居易與元微之共創「元和詩體」，後來又和劉禹錫共同結了《唱和集》。我們這一代的詩人的確該相處得和諧些。

因此，我欣賞那個一襲灰大衣，腰間繫著一根帶子，傴僂在繁華街邊屋簷下的詩人。每次經過他身旁，我都駐腳留連，企羨那份自己無從尋找，也無法體驗的詩意境界。現在也很少看到他了，每次經過那裡都是悵悵的。因為，不必讀他寫的，讀他一臉的冷漠，冷漠裡泛起的無數細細波紋，就是一首詩。

因為自己現在已過了寫詩，而進入了「卻道天涼好個秋」的雜文年紀，再無法對著鏡子，撫摸著自己蒼蒼的雙鬢，編織那些玫瑰色的少年遊舊夢了。而且，自己所學的又是實事求是的玩意，我也曾讀岑參的「山迴路轉人不見，雪上空留馬行處」。但心裡想的卻是唐代民族政策轉變的問題。我也曾讀納蘭的「風一更，雪一更，聒碎鄉心夢不成，故園無此聲」。想的卻是草原與農業兩種不同文化，負荷在一個人身上，最後發生的悲劇。那個屬於詩的世界，已被我自己蹂躪成片片了。

所以，我羨慕那些和我年紀相似，卻還堅持在詩陣線上的朋友們。他們竟能保持一顆純真的詩心，創作自己的詩。這顆詩心是樸質的，是沒有矯揉的。事隔多年，我依舊懷念那位騎驢去耶路撒冷沒有回來的詩人，還有走出「四方城」迷失的小女孩，我也常常唸那首「傳下悲戚的將軍令——自琴弦」的詩人的詩。也許我還固封在這個世紀一半的那條時間線上，是一個掉了隊的讀者。

不過，是感情的，是時代的都是美麗的。詩，是感情的結晶；詩，是時代的語言。這種時代語言透過詩人感情的提煉化為詩，落地鏘然有聲，剎那凝結成永恆。不僅在詩人生存的時代流傳，同時這顆永不休止的音符，又會超越時間和空間永遠躍動著。但那必須是詩人真實的感情，絕不是為賦新詞強說愁的推敲。

詩是生活的，每一個時代有不同的生活形式，每一個時代有不同形式的詩。《詩經》、《楚辭》、漢賦、樂府、唐詩、宋詞、元曲是一串生活變遷的符號。我們也該有屬於我們自己時代的。尤其是在三千年一大變局後，生活在變動裡的我們，更需要有我們自己的詩。無可否認，現在我們已無法再用舊的形式，寫我們現代的感情與語言了。因為「斜拔玉釵燈影畔，剔開紅焰救飛蛾」的時代畢竟過去了，我們必須創造我們自己的詩。

我們的詩，自從胡適「嘗試」以後，我們的詩人一直努力突破傳統的繭，化蛾飛去。曾掀起過「新潮」，氾濫過「洪水」，昇起「新月」，轉變為「現代」……到現在已經半個世紀了。但還是一支飄浮不定，忽高忽低，往往又會變調的音符。

當然，這是轉變時代所出現的共同現象。祇是在詩園地裡表現得更突出。新的形式，新的派別不斷出現，新的否定舊的，舊的排斥新的。使我們這個時代的詩，像一個離家飄泊的浪子，維谷在「泥裡爬山難上下，冰上過河進退滑」的困境之中。使我們的詩人很難有機會冷靜地想想，詩也是意識形態領域裡的一個環節。任何意識形態的轉變，都是從傳統累積裡萌芽的。任何新的開始都是從過去出發的，同時任何舊的堤防也無法阻止新的流勢向前奔騰。新的宋詞是唐詩的形式蛻變的，同時宋詞裡已播下元曲的種子，這也是歷史發展的過程。雖然，在發展的過程中必然會引起新舊激盪，但那祇是暫時的，最後必然會尋找到一個共同的方向。

這次好不容易找到一個一壺濁酒喜相逢的機會，各路英豪萃集一堂，大家可以坐下來談談。我不知道是否真的心平氣和的談過沒有？不過，我知道即使談過，也沒有把古今多少事都付笑談中。因為我們看到的卻是酒罷擲杯，不歡而散的場面。這樣下去，將來真不知我們的詩何去何從了。的確使我這個門外漢著急。祇好錄一首張子厚的〈詠芭蕉詩〉為證：

芭蕉心盡展新枝，新卷新心暗已隨；
願學新心養新德，旋隨新葉起新知。

不是嗎？走過舊的蹊徑，也會留下新的腳跡。我們需要詩，沒有詩的時代，就沒有夢，沒有理想，是非常寂寞的。但我們需要屬於現代語言的，並且具有一定民族形式與內容的我們自己的詩。我們的詩人，你在那裡？

四海奔騰似永嘉

記得那年我坐船過海峽去香港，懷著幾許去國的愁惘，漫步在黎明前的甲板上，呼吸著海上有點腥有點鹹的空氣，一位先生從我身邊走過，他手提的收音機突然播出美國總統甘迺迪竟在光天化日之下被刺了。我慢慢走到船舷，舉目四顧，四顧茫茫，早晨的海，被一層濃濃的霧覆壓著，海濤卻在濃霧下沸騰。我覺得我們生活的世界彷彿也隨海濤在沸騰。

這是個四海沸騰的年代，像《雙城記》開頭說的，是最好還是最壞，是智慧還是愚蠢？的確是牢牢扣緊在這個時代每一個人，每一個知識份子想解解不開，想拉拉不斷的結。這個結在今天中國知識份子心裡似乎格外沉重，格外緊。因為我們面對的問題，比別人複雜得多，我們所處的時代，是中國歷史上最激盪的時代。

也許這二十多年來，雖然世界各地都有風有雨，但在這裡或在海外的中國知識份子，卻能享受著桃花源裡的甯靜，竟產生一種幻覺，誤認為自己是生活在太平盛世。不過，讀罷中國歷史，將發現真正的太平盛世確實太少，祇有百分之五而已，其他的都是離亂了。所以，如果定神靜觀，不難發現我們也是處在離亂中。尤其這兩年來突變迭起，震碎了我們桃花源的甯靜，才知道我們享受的甯靜，祇是颱風眼裡的剎那甯靜。現在時時有山雨欲來風滿樓的飄搖，這種感受對知識份子而言，更是別有一番滋味在心頭的。

我們才了解太平盛世不屬於我們的，我們是生活在一個四海奔騰似永嘉的時代！永嘉，是歷史低氣壓掀起的歷史風暴，使中國歷史的河流急湍奔騰。形成了一個巨大的迴旋。那不僅是一個動亂的時代，也是一個充滿了悲劇情操的時代。那裡有青衣行酒的亡國之痛，有新亭對泣的故國之思，征騎奔馳過後，留下千里無煙的赤地，赤地又堆著如丘陵的白骨。沉浮在這個歷史迴旋裡的知識份子，他們飲酒行「藥」，狂放悲歌，仍然抑不住內心的苦悶，因為他們有無法紮根又不能茁芽的悲哀。而且他們僅有的尊嚴早已被踐踏得似殘雪片片。

不過，一個離亂的時代，往往就是文化蛻變與革新的時代。因為一種文化形成後，發展到一個階段，就會失去原有的活力與彈性，漸漸開始凝結而僵化。無法再適應時代的變動，於是就有一次文化的革新與蛻變。那是在將枯竭的舊源頭裡，尋覓新湧出的泉水，然後又滲入外來的涓涓細流，匯集成新的流勢，使古老的中國文化河流又一次回春，再迸發出新的創造力量。所以蛻變與革新不是對舊有的棄置不顧，而是對過去批評後的再肯定，解體後的再重組。因此，每次文化的蛻變與革新都要經歷很長的時間，甚至好幾百年。而且新的和舊的接觸後產生的激盪，形成了轉變時期的動亂。中國過去曾經過兩次文化的蛻變與革新，一在魏晉，一在兩宋。第三次從明末清初開始到現在還在持續著。

不過，這次文化的蛻變，從一八四二年後，由於外來影響的壓迫，形成了中國歷史三千年來的一大變局，比以往的兩次更激烈，處在這個變局裡，知識份子的處境，也比過去兩次更窘困。因此，在過去的百十年中，我們的知識份子掙扎在轉變的漩渦裡，常常會發出一些吶喊，但這些吶喊不久又被新的浪濤湮沒了。

當然，我們決不否認在每次文化蛻變中，中國知識份子所貢獻的發酵力量。但發酵需要適當的環境和溫度。所以，在每次文化蛻變的動亂中，如果一個地區在動亂裡能維持適當的安定，而且這個地區既可以使傳統文化綿續不絕，同時又不排斥外來的文化，必然會對將來蛻變的新文化發生決定性的影響。因此，在永嘉風暴裡，河西走廊的涼州地區，是動亂裡的一片甯靜土。那裡不僅使傳統文化得以持續，同時也吸收從西域傳入的印度及其他外來文化。

於是，涼州地區變成了當時知識份子認同與回歸的地方。許多在動亂中飄流的知識份子都投奔那裡，他們終於在四海鼎沸裡，尋找到他們所祈求的甯靜，正是他們為蛻變的新文化發酵的理想環境。他們的努力和貢獻後來凝成河西文化。這顆不熄火種不僅照亮了暴風雨襲擊後的黃河流域，又點燃了隋唐文化燦爛的火炬。

是的，我們現在是生活在一個四海奔騰似永嘉的時代，祇要我們的心還沒有涼，即使有沒有涼州，總可以尋找到一條可走的路。

兒女情長

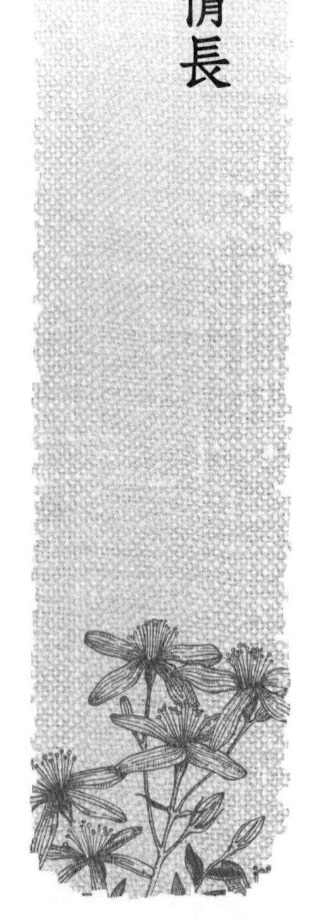

當然，在許多事都向前起飛的今天，再談兩千年前那段兒女情長的事，似乎是多餘的了。不過，最近卻因為司馬相如和卓文君沒有拿到許可證，就搬進了新居，雖然自此情人有廟，但卻變成了違建戶。於是這段千古流傳的佳話，又使許多大人先生們皺眉，卻增添了我們這些小人物茶餘飯後的談話資料。

中國有一部《二十五史》，我們稱它為正史。但正史所記載的，都是些嚴肅的廟堂文章，和一些經國大計。在男人執筆撰寫的歷史裡，除了幾個特殊的女性，像呂雉、武曌那樣，偶然闖進歷史，以及〈后妃傳〉、〈列女傳〉，不得不記載一些婦女外，的確是沒有女人容身之地的。更別說那些談兒女私情的瑣事了。

現在流傳的許多愛情故事，像祝梁、牛郎織女、七仙女、孟姜女等等，都是經過小說、戲曲的渲染，流傳在民間的文學作品。不過，司馬相如和卓文君這段愛情故事，卻是唯一沒有經過文學家的誇張而保留到現在，最淳樸的歷史記載原形，也是在文以載道的中國史書裡，描繪最完整的愛情故事，是段真實的歷史。

《史記》卷一一七的〈司馬相如列傳〉裡，詳細地敘述了這段故事。從司馬相如落拓還鄉開始，卓文君的父親卓王孫邀宴，司馬相如彈出一曲「鳳求凰」，然後「文君夜亡奔相如」。於是司馬相如帶著卓文君馳歸成都。因為司馬相如家徒四壁，無以營生，祇好開個小酒舍餬口，司馬相如穿犢鼻褌當酒保，文君當爐。這是故事的大意，太史公卻描繪得更詳盡，更生動，更感人。

卓文君的父親卓王孫是當地的富豪，家裡有家僮八百人，卓文君該算是個富家千金了。她勇敢地愛上窮無立錐之地的司馬相如。而且主動地投奔，我們先不必說愛情的力量有多麼偉大，但人生在世，敢愛，而且能坦誠地去愛，的確也需要很大的勇氣。太史公選擇歷史材料一向非常謹慎的。太史公本人也到過四川，這段材料很可能是自己直接採訪的，可靠性、真實性一定很大。而且在記載司馬相如的傳記裡，這段韻事卻比司馬相如使西南夷記載還多。司馬相如使西南夷，是決定他進入歷史領域的關鍵，這也是太史公將〈司馬相如列傳〉置於西南夷之後的原因。由此可以推想這段愛情故事，在當時是相當轟動的。其轟動的程度決不下於二十世紀最偉大的愛情——溫莎公爵的故事。而且這兩段故事的形式也很相像，都是為了自己的愛情，而作了最大的犧牲和奉獻。不過，可能卓文君和司馬相如那段更純情些，因為他們不像溫莎那一對，還遭受了許多政治因素的困擾。

不過，這兩對祇羨鴛鴦不羨仙的偉大情侶，身後遭遇卻不同了。溫莎那一對的蠟像，已經住進了倫敦的蠟像館。但司馬相如的一對，剛住進去卻要被迫遷居了。那祇緣由他們所處的文化環境不同，東西雙方的愛情價值觀念也不一樣，所形成的差別待遇。不過，談到愛情，至少在宋代以前，我們男女的愛情還是相當自由，這些坦誠純真的愛情，表現在漢晉南北朝的樂府詩裡，流露在唐代的傳奇小說裡。自從宋代理學興起，喊出「餓死事小，失節事大」以後，女性才真正變成男性的附庸，此後的愛情故事，就變成公子落難，小姐後花園贈金，祇有在偷偷摸摸裡進行了。

現在的問題，並不發生在他們的愛情上，而是像卓文君那個「失節婦人」該不該進入「愛情廟」。卓文君該不該進廟，和後世批評范蔚宗不該把另一個「失節婦人」蔡文姬，編入《後漢書・列女傳》是一樣的。不過，後者是史學問題，卓文君進廟卻涉及人神之際的問題。談到人和神的關係，就屬於宗教問題了。宗教所討論的是人與自然的關係，不過，中國自古以來，就把人與自然的關係處理得非常和諧，不像西方人將人與自然二分以後，絕對地對立起來。所以中國沒有出現一個超越自然唯一的真神。人與神的關係也不像那樣絕對的對立。所以，人可以超凡入聖，然後再由聖變成神。媽祖、關帝都是人，可是他們現在卻都成為神了。因此，我們的神很多，保生大帝，送子娘娘，福德正神，灶神爺……誰愛信那個就信那個，我們是一個信仰絕對自由的民族，更沒有因宗教信仰不同而發生的戰爭，這正是我們文化可愛之處。我們可以在一張紙上畫上如來佛，觀世音，關帝，玉皇……甚至於孔子，掛在堂廳裡，然後上一炷香，儒釋道三位一體，眾神大樂，既省事又方便。

因為我們對自然的看法，不像西方人那麼絕望悲觀，我們心裡有更大的空間，容納很多的神，所以，我們可以有神就拜，有廟就燒香。記得那年，我在香港，走訪邵氏，那時凌波和李菁的《西廂記》剛拍完，清水灣山腳下搭的大廟外景還沒有拆除，據說前去燒香朝拜的人還不少，香火很旺盛。有次清晨，我經過民生東路，信步走進關帝廟，發現殿前的大露柵下，擠滿了好幾百善男信女，堂內關帝神像前，香煙縈繞，鐘鼓齊鳴。頌經之聲飄揚堂外，唸經的竟是沙門和比丘尼，我頗迷惑，不知關夫子何時與釋迦攀上了關係？不過，這正是中國人民坦坦然之處，對於神，他們很少選擇的。

香港山上有塊石頭，不知誰把它稱為情人石，每逢情人節，丈夫飄海到金山淘金的閨中怨婦，熱戀中的情人，都到那裡燒香膜拜。情人節是個洋節日，焚化香燭紙錢卻是中國傳統的。但不論怎樣，那些去拜情人石的，總算發抒了一下，自己內心裡醞釀的那份兒女情長。

我們的確是一個缺少幽默的國家，有些大人先生們遇事，總歡喜往傳統的大峽谷裡鑽，大峽谷的懸崖是巍巍然的，但卻冰冷得沒有一絲感情。現在的問題倒不是卓文君該不該進廟，而是情人該不該有廟。不過，我們總該有個讓那些小兒女發抒兒女情長的地方，因為他們的感情畢竟在陽光下成長了。

逯耀東作品

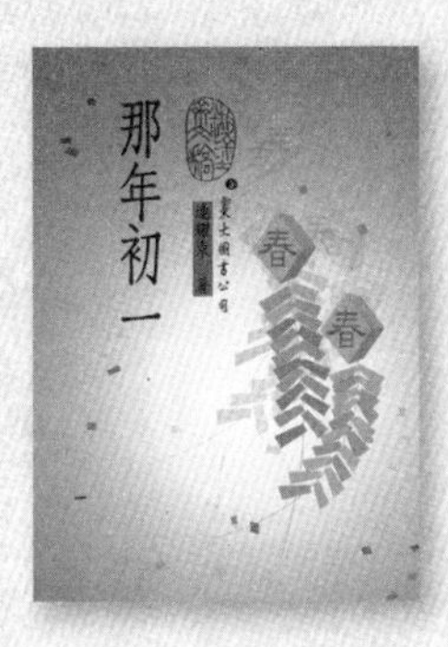

那年初一

逯耀東教授在六〇年代寫的〈又來的時候〉，最後一句「讓我們一齊把酒瓶擲向藍空」激起了多少青年人的豪情。後來他潛沉了。他在自序說：「雖然過去也曾對家事國事感慨一番，但都是些出自古書生空議論的閒愁。既無補於世，又徒增喧囂。所以，這些年連閒愁也沒有了，祇是避處一隅，默默地生活著。但避處與默默，並不是否定自己的存在。」本書記錄著他這些年個人生活的點滴。欣喜悵惘，悲歡離合都融於其中。

出門訪古早

古人也愛吃，但他們吃什麼？文化的衝擊與改變是如何影響傳統小吃？街邊的美食經歷了哪些我們所不知道的變化？中國各地的吃有什麼不同？兩岸三地的飲食環境有哪些相異處？

本書以歷史的考證，文學的筆觸，帶領你吃遍中國大陸、臺灣與香港，探索過去半個世紀飲食文化，在社會迅速轉變中的衝擊與融合；引領你徜徉於經典文獻，從中尋覓失傳的古早飲食。

窗外有棵相思

窗外有片好山水，最初路經這裡，就喜愛這片山水。也許因為這片山水，我才來到這裡。生活在這個時代，不論有形或無形的山水，都被腐蝕殆盡，我們突然失去隱蔽，已經再也找不到一個藏身之所了。逯耀東教授在書中追憶起他早年在香港求學、教書的心路歷程。此後，他寄跡於市井之中，自逐於紛紜之外，以青白眼觀人論世，已滌盡過往的狂放與激情。全書內容分有四輯，貫穿描繪了一個中國知識分子從漂流到潛沉的過程，值得讀者作一番細思與觀摩。